suhrkamp nova

Nana Ekvtimishvili

Das Birnenfeld

Roman

Aus dem Georgischen von
Julia Dengg und Ekaterine Teti

Suhrkamp

Die Originalausgabe erschien 2015 unter dem Titel
Mskhlebis Mindori im Verlag Bakur Sulakauri in Tbilissi.
Die Autorin hat ihren Text auf der Grundlage der
deutschen Übersetzung überarbeitet und revidiert.

Die Übersetzung wurde gefördert vom
Georgischen Buchzentrum und dem
Ministerium für Kultur und Sport Georgiens

2. Auflage 2018

Erste Auflage 2018
suhrkamp taschenbuch 4882

Umschlagfoto: Kakhi Mrelashvili
Umschlaggestaltung: hißmann, heilmann, hamburg
Druck und Bindung: CPI – Ebner & Spiegel, Ulm
Printed in Germany
ISBN 978-3-518-46882-1

Das Birnenfeld

1

In einem Außenbezirk von Tbilissi, dort, wo die Straßen keine Namen haben, sondern das Viertel in Blöcke und Nummern unterteilt ist, stößt man auf eine, die doch einen Namen hat: die Kertsch-Straße. Sehenswürdigkeiten, historische Bauwerke, Denkmäler, Springbrunnen sucht man hier vergeblich. Der ganze Schmuck dieser Plattenbauwüste besteht aus Gebäuden wie dem Institut für Leichtindustrie, einem langgestreckten Marmorpalast auf einer mit Tannen gesäumten Anhöhe, zu der große, breite Treppen hinaufführen, oder den in die Jahre gekommenen Bauwerken wie dem Kindergarten, der Mittelschule, der ehemaligen ATS-Telefonzentrale, dem Einwohnermeldeamt, dem Kaufhaus und der Debilenschule, die in Wirklichkeit Internat für geistig beeinträchtigte Kinder heißt.

Wer weiß, wem es damals, 1974, im sowjetischen Georgien eingefallen ist, die Straße nach Kertsch zu benennen – jener Stadt auf der ukrainischen Halbinsel Krim, die berühmt dafür ist, dass dort eines schönen Oktobertages im Jahr 1942, als eine Brise das noch sommerwarme Meer kräuselte, die Nationalsozialisten 160 000 Menschen als Geiseln nahmen und töteten. Hier aber sind weder Schiffe zu sehen, noch weht ein Wind vom Schwarzen Meer herüber. Es ist Frühsommer, die Sonne brennt herab, Hitzeschwaden steigen vom Asphalt auf, die paar spärlichen Ahornbäume verdorren. Ab und zu fährt ein Auto vorbei, und wenn einem der herumliegenden Hunde danach ist, rennt er kläffend neben dem Fahrzeug her, bis zur nächsten Kurve, bleibt stehen, schaut ihm wehmütig nach, um dann umzukehren und sich wieder zu seinen Brüdern in den Staub zu legen.

Anders als in Kertsch gibt es in der Kertsch-Straße keine Helden. Damals, als die Wehrmacht anfing, die Einwohner der Stadt, die jüdischen und die nicht-jüdischen, zu vernichten, leisteten die in Kertsch eingekesselten sowjetischen Soldaten erbitterten Widerstand. Doch am Ende wurden sie besiegt, und das war vielleicht der Grund, weshalb die Sowjetregierung der Stadt nach Kriegsende keinen Heldenstatus zuerkannt hat. Sie bekam keine Hilfsgelder vom Staat und musste aus eigener Kraft wieder aufgebaut werden. Erst drei Jahrzehnte später wurde Kertsch zur Heldenstadt erklärt, und in Tbilissi wurde die Tianeti-Schnellstraße in Kertsch-Straße umbenannt, vermutlich weil Tianeti bis dahin keine sowjetischen Heldentaten vollbracht hatte.

Die Augenzeugen des »Großen Vaterländischen Krieges«, die in der Kertsch-Straße und Umgebung wohnten, nahmen langsam Abschied von ihrem Leben. Alte Menschen, die den Krieg durchgemacht hatten, legten an Feiertagen ihre ordensgeschmückte Uniform an, gingen auf die Straße, um dem Sonnenlicht die hagere Brust entgegenzustrecken und mit bedächtigen Schritten auf und ab zu spazieren.

Bei vielen hing ein Stalin-Foto im Wohnzimmer. Sie waren stolz auf den Sieg, und wenn wieder einer von ihnen diese Welt verlassen musste, blickte er voll Sorge auf die Zurückbleibenden. Sie, die Sterbenden, hinterließen ihnen eine wüste Heimat.

Ihre Kinder und Kindeskinder setzten in den Wohnblocks an der Kertsch-Straße, in den umliegenden Plattenbauten tschechischer und Moskauer Bauart oder in den Chruschtschowkas mit den niedrigen Decken ihr Leben fort, und die Wege, die sie zurücklegten, beschränkten sich immer noch auf den täglichen Gang zwischen Wohnung, Kindergarten, Schule und Arbeit.

Nach dem Zerfall der Sowjetunion gerieten diese Wege durcheinander: Manche Menschen setzten den Fuß nicht vor die Tür, andere waren gern draußen im Hof und auf der Straße oder verbrachten Tag und Nacht auf Kundgebungen und Streiks, einige nahmen das Stalin-Foto von der Wand, und andere sind vorzeitig aus dem Leben gegangen.

An einem Frühsommertag steht Lela im Badehaus unter dem heißen Wasserstrahl, den Kopf gesenkt, die Schultern leicht hochgezogen.

»Ich töte Wano.«

Sie kneift die Augen zusammen und rührt sich nicht.

»Sollen sie ruhig kommen und mich verhaften!«

Lela dreht den Wasserhahn zu. Im Badehaus dampft es. Auch ihr dünner, geröteter Körper dampft. Wie ein Drahtseil zeichnet sich ihre Wirbelsäule ab, die das schmale Becken und die viel breiteren Schultern verbindet.

»Ich bring ihn um ...« Sie zieht sich ihr khakifarbenes Hemd über den Kopf. Auf dem schäbigen Holzstuhl, der vom Rumstehen im Bad morsch geworden ist, liegt ein Stückchen Seife und ein Kamm mit ausgebrochenen Zinken. Sie nimmt die Hose von der Lehne und schlüpft hinein, steckt ihr Hemd fest und schnallt den Gürtel zu.

»Niemand wird mich verhaften, sie werden sagen, die ist nicht ganz dicht ... Höchstens bringen sie mich ins Irrenhaus. Na und? Da war Ghnazo ja auch ... Und jetzt läuft er wieder frei herum ...« Lela fährt sich mit den Fingern durch das kurze Haar und schüttelt sich wie ein nasser Hund.

Mit einem Knall fliegt die Tür auf. Lela erkennt eine kleine, zarte Silhouette.

»Bist du da?« Es ist Irakli, der sich an der Türklinke festklammert. Lela zerrt sich die Socken über die nassen Füße.

»Dali ruft dich, schon die ganze Zeit!«

»Was will sie denn?« Lela bindet sich die Turnschuhe zu. Der Luftzug zerstäubt den Dampf, in der Tür steht der kleine Junge mit seinen komischen Spitzohren, die Augen aufgerissen. Er ringt nach Atem.

»Komm, schnell ... Die Kinder sind oben im Vierten, in den Betten, sie kommen nicht runter ... Dali schafft es nicht mehr.«

Draußen brennt die Sonne, kein Mensch weit und breit. Sie laufen über den Sportplatz zum Hauptgebäude.

In der Halle mit den Mosaikfliesen empfängt sie angenehme Kühle. An den Wänden hängen ein paar leere Schaukästen. In einem ist ein roter Feuerlöscher befestigt.

Lela nimmt die Treppe in den vierten Stock und rast durch den langen Gang, aus dem hintersten Zimmer gellt Dalis schrille Stimme.

Vor ein paar Monaten hatte das Internat vom Ministerium neue Holzbetten erhalten – als humanitäre Hilfe. Die alten, schweren Eisenbetten wurden in den vierten Stock verfrachtet, in ein Zimmer, wo es von der Decke tropfte. Das ging schon lange so, auch damals, als das Zimmer noch wie ein Zimmer aussah und die Kinder dort schlafen mussten. Arbeiter wurden gerufen und reparierten das Dach, doch es half nichts. Sie kamen ein zweites Mal, ein drittes Mal – sobald es regnete, sickerte Wasser durch die Decke, und nach und nach fanden sich alle damit ab. Die Kinder liebten es, bei Regenwetter hinaufzulaufen und einander durch die Pfützen zu jagen. Seitdem stehen überall Wannen und Eimer, um das tröpfelnde Wasser zu sammeln, das dann mit Schwung aus dem Fenster oder vom Balkon geschüttet wird. Nachdem die alten Eisenbetten sich bei den Eimern und Wannen eingefunden hatten, wurde der Raum Bettenzimmer getauft. Jetzt war es völlig unmöglich, die Kinder aus dem Zimmer zu vertreiben, weil im Internat nichts größeren Spaß machte als auf diesen Eisenbetten zu hüpfen, am liebsten bei Regen.

Erst kürzlich war der kleine Balkon, der einzige auf

dieser Gebäudeseite, abgestürzt. Betonbrocken, das Balkongeländer, Schieferplatten donnerten in die Tiefe. Nur noch die Stahlträger ragten aus der Wand. Man konnte von Glück sagen, dass den Internatskindern, die auf dem Sportplatz Fußball spielten und ganz in der Nähe herumrannten, nichts passiert war. Die Direktorin und die Verwaltung waren viel zu erleichtert, als dass sie sich über den herabgebrochenen Balkon ärgern wollten. In den folgenden Tagen verschwand die Balkontür samt Rahmen. Vermutlich dachte jemand, wozu eine Balkontür, wenn der Balkon nicht mehr existiert. Im Bettenzimmer klaffte nun ein türgroßes Loch in der Wand, durch das der klare Himmel, die Pappeln und der benachbarte Wohnblock zu sehen waren.

Im ersten Moment scheint es Lela, als spielte Dali mit den Kindern Versteinern, doch schnell wird klar, dass sie verzweifelt hinter den Kindern herläuft, die ihr ständig entwischen. Die kleine kompakte Frau ist heute diensthabende Aufseherin. Das rotgefärbte lichte Haar umrahmt ihr Haupt wie ein Heiligenschein, und für das Martyrium, das sie mit den tobenden Kindern durchmacht, hätte sie längst zur Schulheiligen geweiht werden müssen.

»Bleib weg da!«, schreit Dali. Die Kinder lachen und jagen hintereinander her.

»Sieh dir das an ... Ich sperre mit Draht ab, und sie kriegen es trotzdem auf! Die machen mich fertig!«

In der Ecke steht Waska und lächelt. Er ist fünfzehn, vom Körperbau her wirkt er jünger, ein Zigeuner. Als er ins Internat kam, war er acht. Sein Onkel hatte ihn hergebracht, ein Mann mit dunklem Teint und grünen Augen. Kettenraucher. Tätowierungen an den behaarten Händen. Er ließ sich nie wieder blicken.

Waska hatte sich, genau wie Irakli, vom ersten Moment an an Lela gehängt. Sie kümmerte sich um ihn und nahm ihn vor den anderen Bewohnern in Schutz, für die jeder Neuankömmling ein gefundenes Fressen war. Später ist dann etwas passiert. Lela weiß noch, dass sie an jenem Abend allein auf dem Sportplatz zurückgeblieben sind. Dali war damals süchtig gewesen nach einer südamerikanischen Fernsehserie, in der Schwiegertochter und Schwiegermutter einander bis aufs Messer bekämpften. Keine einzige Folge durfte versäumt werden, auch die Kinder wurden in das Beziehungsdrama hineingezogen und hockten mit Dali vor der Glotze.

Wie es passiert ist, weiß Lela nicht mehr. Sie erinnert sich nur noch, dass sie zu den Birnbäumen hinübergingen und die Hosen runterließen und wie weich Waskas Körper war, weich und vorsichtig ... und dass seine spitzen Beckenknochen störten. Sie küssten sich. Waska wusste, wie ein Zungenkuss ging. Sie sprachen kein Wort. Nicht beim ersten Mal und auch nicht später, als sie sich immer wieder auf dem Birnenfeld trafen.

Lela hätte nicht sagen können, wann sich das alles zu ändern begann, seit wann sie Waska mit Verachtung begegnete oder weshalb sie ihn dauernd runtermachen wollte. Waska hat sich nie gewehrt und nimmt ihr Verhalten seelenruhig hin. Er lächelt. Dieses Lächeln kann

Lela nicht ausstehen. Sie ist kurz davor, sich auf ihn zu stürzen und es ihm mit der Faust aus dem Gesicht zu schlagen. Sein Lächeln ist einfach nicht wegzukriegen.

In seiner ersten Zeit im Internat hatte er sich noch ganz unauffällig mit den anderen unterhalten, ohne dieses Grinsen im Gesicht. Er hielt sich auch noch nicht abseits, hatte noch nicht diesen merkwürdigen fernen Blick. Erst später setzte er plötzlich sein Lächeln auf, ein wenig höhnisch und undurchschaubar. Man weiß nie, ob er in sich hineinlächelt, ob er einen auslacht oder ob ihm in Wirklichkeit ganz und gar nicht zum Lachen zumute ist.

»Was stehst du da blöd rum!«, fährt sie ihn an. »Kannst du ihr nicht helfen?«

Waska schaut Lela mit seinen hellgrünen Augen an und murmelt etwas Unverständliches.

Vor dem Türloch drängeln sich die Kinder. Zwei stehen direkt an der Kante. Pako, ein sechsjähriger Knirps in kurzer schwarzer Hose und Mickymaus-T-Shirt balanciert auf den Stahlträgern wie ein Seiltänzer.

»Hab ich nicht gesagt, ihr sollt euch hier nicht mehr blicken lassen?«, schreit Lela. »Ich schnapp euch und schmeiß euch einzeln runter. Das geschieht euch recht!«

Die Kinder flitzen davon. Als Pako Lela sieht, verschwindet das Seiltänzerlächeln aus seinem Gesicht. Fast hätte er das Gleichgewicht verloren, doch mit seinen ausgestreckten kleinen Händen findet er sofort wieder Halt in der Luft und balanciert auf den schmalen Stahlträgern vorsichtig in Richtung Zimmer. Er ist noch nicht am Rand angelangt, da packt ihn Lela schon am Kragen, hebt ihn hoch und hält ihn hinaus, als wollte sie ihn runterwerfen. Pako wird blass, er verzieht das Kinn, als fiele ihm etwas vom Gesicht, und strampelt hilflos im Leeren.

»Soll ich dich loslassen? Soll ich?« Lela schüttelt ihn. Er versucht, sich an sie zu klammern.

»Willst du dir das Genick brechen?«

Sie zieht Pako herein und lässt ihn los. Er rast davon, ein kleiner, schnellfüßiger Käfer, mit dem man ein Spielchen auf Leben und Tod getrieben hat und der sich nun, in die Freiheit entlassen, aus dem Staub macht.

»Ich werd's euch zeigen! Warum hört ihr nicht auf Dali!«, brüllt Lela.

Waska ist verschwunden. Irakli treibt die Kinder wie Schafe aus dem Zimmer, die Letzte ist Stella mit ihrem abstehenden Popo und den krummen, dünnen Beinen. Den Rollkragenpulli hat sie in die Strumpfhose gestopft. Dali setzt sich auf eines der Eisenbetten, unter ihrem schweren Hintern gibt das Gitter nach, sie versackt fast bis zum Boden und rudert haltsuchend mit den Armen. Irakli hilft ihr hochzukommen. Ihr roter Heiligenschein ist zerrupft, ihr Gesichtsausdruck noch gequälter als sonst, sie atmet schwer.

»Geh schon, worauf wartest du, sag Zizo, sie soll mir ein Schloss besorgen ... seit Ewigkeiten reden wir davon. Wir müssen die verdammte Tür zusperren, sonst fallen sie uns noch hinunter, und dann hilft auch kein Gezeter!«

Irakli läuft los. Dali taucht die Hand in einen Regeneimer und kühlt sich die Stirn: »Ich kann nicht mehr ...«, seufzt sie, doch plötzlich fällt ihr etwas ein.

»Wenn dir jemand über den Weg läuft«, kreischt sie Irakli hinterher, »sag ihnen, sie sollen sofort in den Speisesaal kommen!«

Lela steht am Rand und blickt in den Abgrund. Sie stellt sich vor, wie sie Wano hinunterstößt. Erst wundert er sich, eine Sekunde lang denkt er, ein Unfall ... Dann aber, als er den Boden unter den Füßen verliert und die Leere im Rücken spürt, sieht er Lela an. Durch die Brillengläser will er sich an sie klammern, doch in ihrem Gesicht kann er kein Bedauern erkennen. Lela steht ruhig da und sieht zu, wie der Geschichtslehrer vom vierten Stock in die Tiefe stürzt. Wano verzieht das Kinn wie Pako – als fiele ihm etwas vom Gesicht. Sein Blick ist hilfesuchend auf Lela gerichtet, als wäre es für seine Rettung noch nicht zu spät, doch Lela sagt nur: »Stirb, du Wichser!« Wano knallt auf den Zementhaufen, röchelt.

»Hier, das Schloss«, hört sie Iraklis Stimme. Als sie sich umsieht, ist Dali verschwunden.

»Sie hat gesagt, wer zusperrt, soll ihr den Schlüssel bringen. Na ja ... das Schloss hier taugt auch nicht viel, Zizo hat es vom Briefkasten abgenommen.«

Lela begutachtet das winzige Schloss.

»Wen bitte soll das aufhalten ...«

Sie sperrt die Tür mit dem kleinen Briefkastenschloss ab und gibt Irakli den Schlüssel. Sie rüttelt ein bisschen an der Tür, nicht stark, nur so wie zum Beispiel Stella mit ihren kleinen Kräften es tun würde.

Nebeneinander gehen sie den Gang entlang. Irakli reicht ihr bis zur Schulter. Lela zündet sich eine Zigarette an. Aus einem Zimmer kommt Stella gelaufen, verängstigt, sie weiß nicht, wo sie hin soll.

»Ab in den Speisesaal!«, ruft Irakli. Das Mädchen saust davon.

»Kommst du mit telefonieren?« Irakli schaut Lela an.

»Du gehst mir langsam auf den Sack, merkst du das nicht? Kriech ihr doch nicht dauernd in den Arsch! Mach dich nicht so klein!«

Draußen auf dem breiten Gehsteig hat der Turnlehrer Awto seinen hellblauen Fourgon geparkt. Aus dem Verwaltungsgebäude kommt Sergo, einen rosafarbenen Stoff unter dem Arm, gefolgt von Kolja, der die Füße schleppt und mit dem Kopf zuckt. Sein Alter ist schwer zu schätzen, er könnte zehn oder auch fünfzehn sein. Bei ihm sieht man gleich, dass er schwachsinnig ist, denkt Lela, manchen sieht man es an, manchen nicht. Sergo sieht man es zum Beispiel nicht an, Irakli auch nicht.

»Ab in den Speisesaal, sofort! Sergo, Kolja!«

Sergo tut so, als hätte er Irakli nicht gehört, und geht weiter.

»Wo gehst du hin?«, ruft Lela.

»Zum Kiosk!«, antwortet er, ohne sich umzudrehen.

»Was willst du denn beim Kiosk?«

»Ich bring ein Kleid hin. Zizo hat mich gebeten.«

Plötzlich zieht er den Stoff unter seinem Arm hervor wie ein Zauberkünstler, dreht sich auf der Ferse um und stellt sich vor Lela, als wäre er selbst ein Hergezauberter.

»Glaubst du mir nicht?« Er hält sich das Kleid an. »Steht mir, oder?«

»Pass auf, dass du nicht entführt wirst!« Lela geht weiter.

Zizo, die Internatsdirektorin, und die Nachbarin Saira, die auf der anderen Straßenseite ihren Kiosk hat und Billigwaren verkauft, machen häufig kleine Geschäfte miteinander. Sairas Schwägerin fährt regelmäßig in die Türkei und bringt allen möglichen Krimskrams mit, und Zizo kauft hin und wieder bei Saira. Auch das rosa Kleid hatte ihr gefallen, aber dann stellte sich heraus, dass es ihr nicht passt, sie will es ihr zurückbringen.

Sergo faltet das Kleid geduldig zusammen und rennt zum Tor.

Schwaden von Mief und der Geruch nach Bratkartoffeln mit Zwiebeln strömen aus dem Speisesaal. Lela zieht ein letztes Mal an ihrer Zigarette und wirft den Stummel in die Ecke, als sie einen Aufprall und ein scharfes Bremsgeräusch hört. Sie dreht sich um und versucht, durch die Tannen hinauf zur Straße zu sehen. Irakli läuft zum Tor. Aus dem Wärterhäuschen kommt Tariela gehinkt, den Schaffellmantel umgehängt, den er sommers wie winters trägt. Ein entsetzter Aufschrei.

Draußen wird Lela von den Hitzeschwaden des Asphalts verschluckt. Die Nachmittagssonne knallt vom

Himmel und weist den wenigen Passanten schmale und nervös zitternde Schatten zu. Ein Auto, leicht von der Straße abgekommen. Ein Mann ist ausgestiegen. Er lässt die Autotür offen und steuert wie benebelt irgendwohin. Lela läuft hinter Tariela und Irakli her. Dann sieht sie Sergo, er liegt am Bordstein, wie hingeworfen, er rührt sich nicht. In der Nähe hält ein anderes Auto, jemand steigt aus. Zuschlagen der Tür, eilige Schritte. Lela starrt Sergos leblosen Körper an, er liegt mit dem Gesicht nach unten, scheint sich ganz leicht zu bewegen.

»Ich bin einfach gefahren und dann ... er ist mir vors Auto gerannt ... ich bin Arzt ... ruft den Krankenwagen ...«

Tariela und Irakli fassen Sergo vorsichtig an.

»Serosch, Serosch!«, ruft Irakli, als versuche er, ihn von weit her zurückzuholen.

Sie legen ihn auf den Rücken. »Serosch!« Lela betastet Sergo vorsichtig an der Schulter. Dann wird sie grob zur Seite gestoßen. Ein Mann kniet sich neben ihn, legt ihm zwei Finger an den Hals und hält inne. Aus dem offenen Hemd des Mannes riecht es nach Schnaps, seinen schmutzigen Zeige- und Mittelfinger hat er in Sergos weichen, zarten Hals gebohrt, ein Pfeil, der Sergo zwingen soll, ein Geheimnis preiszugeben. Sergo rührt sich nicht, weder der Pfeil noch die Leute, die ihn umringen, machen ihm Angst, er hat nicht vor, das Geheimnis zu verraten.

»Was ist passiert?!« Lela erkennt die Stimme und sieht im Tor des Internats Zizo. Die Direktorin läuft so schnell sie kann, die dicken, schwarzen Klunkern tanzen über der grünlichen Rüschenbluse. Auf den Stöckelschuhen kommt sie mühsam voran.

»Er ist mir reingerannt ... Ich bin einfach gefahren, und er ist mir vors Auto gerannt ...«

Entsetzt starrt Zizo auf Sergo und die Blutspur. Dort auf dem Asphalt liegt auch das rosafarbene Kleid, gerade läuft jemand drüber. Auch das Kleid ist blutverschmiert.

Männer scharen sich um Sergo, irgendwer sagt, der Junge atme noch.

Aus einem Garten weht eine Männerstimme herüber wie zur Beruhigung der Versammelten, sie gibt der Rettungsstelle am Telefon die Adresse durch: »Kertsch-Straße, Richtung Tianeti, immer geradeaus, dann sehen Sie es schon ... ein Kind ...«

Aus dem Nichts tauchen Menschen auf, als hätten sie sich irgendwo abseits der verlassenen, von der Sonne versengten Straße versteckt und nur auf den Unfall gewartet, um aus ihren Löchern zu kommen und sich über die Straße zu verteilen. Plötzlich fragt eine spindeldürre, wuselige Frau in Kittelschürze nach Wasser. Saira ist in Ohnmacht gefallen, sie sitzt auf dem Gehsteig, die dicken, willenlosen Beine gespreizt. Ihren fleischigen Rücken stützt Awto – der Turnlehrer ist ebenfalls aus dem Nichts aufgetaucht. Jemand fordert die Schaulustigen in aggressivem Ton auf, auseinander zu gehen, der Verletzte braucht Platz zum Atmen. Sergo wird auf die Jacke eines Fremden gebettet.

»Wir haben den Krankenwagen gerufen«, sagt Tariela zu Zizo.

»Gott steh uns bei ...« Zizos Augen füllen sich mit Tränen. »Was fehlt ihm? Ist es schlimm?«

»Ja, es ist schlimm«, antwortet Tariela und verlässt den Kreis.

»Beruhigen Sie sich, gnädige Frau.« Ein unbekannter Mann mit Glatze und roten Wangen hat sich offenbar vorgenommen, seine Ruhe auf die Anwesenden zu übertragen.

»Keine Panik! Man wird sich schon um ihn kümmern. Und bitte kein Gedrängel, sonst kriegt das Kind keine Luft. Um wen sollen wir uns kümmern? Um den Jungen hier oder um die da ...« Er deutet mit dem Kopf auf Saira, die ein wenig zu sich gekommen ist, auch wenn sie noch immer wie eine Betrunkene auf dem Bordstein hängt und von Awto gestützt wird. Auch die spindeldürre Frau hockt noch neben ihr, mit einem Wasserglas in der Hand.

Zizo steht eine Weile da, Gesicht und Hals voll scharlachroter Flecken. Dann macht sie ein paar Schritte, bückt sich, hebt das Kleid auf und faltet es schnell zusammen, um sich die Hände nicht blutig zu machen. Sie merkt, dass Lela sie beobachtet.

»Hier, schnell, nimm das, Vorsicht ... Geh, leg es in meine Schublade! Und kein Wort, zu niemandem, egal, was man dich fragt, verstanden?«

Lela mustert Zizos verschwitztes Gesicht. Sie versucht ihre Gedanken zu ordnen und etwas zu sagen, doch es gelingt ihr nicht. Sie nimmt das Kleid und rennt los. Sie rennt, als könnte sie mit ihrem Rennen zu Sergos Rettung beitragen. Im Tannenhof kommt ihr Dali entgegen. Auch sie rennt, so schnell sie kann, ein Trupp Kinder folgt ihr wie eine Pfarrgemeinde, aber sie rasen wie die Verrückten, in einem halsbrecherischen Galopp überholen sie Dali, die in der Kinderschar untertaucht.

Lela betritt das Verwaltungsgebäude und steuert auf Zizos Büro zu. Anders als im Wohnhaus sind die Türen hier mit weichem Leder überzogen und gepolstert. Drinnen zieht sie die Schreibtischschublade auf, und eine große, aufgerissene Tafel Schokolade springt ihr ins Auge. Sie verstaut das Knäuel und schiebt die Lade wieder zu. Zizos Tisch ist fast leer: Am Bleistifthalter lehnt eine laminierte Ikone vom heiligen Georg, in einem Trinkglas versucht eine dickblättrige Pflanze Wurzeln zu schlagen, daneben liegt ein Klassenbuch. Unter die Glasplatte, die den Schreibtisch schonen soll, hat Zizo nicht nur ihren Kalender und einen Stundenplan geklemmt, sondern auch ein Schwarzweißfoto von Gregory Peck und Passbilder von ihren beiden Kindern.

Lela kehrt zur Unfallstelle zurück. Sergo ist fort, auch von Saira keine Spur. Jemand hat den Fahrer zur Seite genommen und spricht leise mit ihm – Bezirksinspektor Pirus, ein Mann aus Charagauli, dessen sanftes, gutmütiges Gesicht mit den tieftraurigen Augen nicht zu einem Milizionär passt. Alle anderen stehen immer noch herum, ein paar junge Männer sind dazugekommen, auch Koba, Lela kann ihn nicht übersehen, seine hohe kahle Stirn, die längliche Nase, das beleidigte Vogelgesicht.

»Wir verbieten es ihnen, natürlich verbieten wir es ihnen!« Zizos aufgeregte Stimme, wie bei einer Ansprache auf einer Versammlung. »Aber wir haben nicht genug Personal. Wir haben es dem Ministerium gemeldet. Dali kann nicht den ganzen Tag allein auf so viele Kinder aufpassen.«

Waska steht neben dem Gehsteig, abseits von den anderen, und beobachtet die Umstehenden mit ernstem Gesicht.

»Wir brauchen mehr Leute, alle wissen das, aber keiner kümmert sich.« Zizo klingt immer weinerlicher. »Vielleicht kommen sie uns jetzt endlich zu Hilfe!«

Koba hat Lela gesehen, doch sie grüßen einander nicht. Die kleine, tobende Schar ist auch da, und zum ersten Mal im Leben gehorchen die Kinder, denn Dali weint. Stumm gehen sie mit ihr über die Straße und verschwinden im Tannenhof.

Abends kommt die Meldung, dass Sergo gestorben ist.

Es herrscht Stille.

Am nächsten Morgen fällt der Unterricht aus.

Wano kommt ins Internat, ein großer, hagerer Mann mit sorgfältig gestutztem schwarzen Schnurrbart, die Glatze mit Haarsträhnen überkämmt. Sein ewiger dunkelgrauer Anzug ist mit ihm verwachsen, nur an frostigen Tagen trägt er unter dem Sakko eine Weste mit

Rautenmuster, und wenn die Kälte durch Mark und Bein geht, zieht er einen grauen Mantel an und bindet sich einen Schal mit Rautenmuster um.

Er redet nicht gern. Ob er aus dem Klassenzimmer kommt und sich in den Pausen durch die Pulks von Kindern im Gang schiebt oder an den Lehrerinnen vorbeigeht, die im Hof sitzen, nie sagt er ein Wort, er senkt nur leicht den Kopf mit der verlogenen Frisur.

Sergos Leichnam wird in der Turnhalle aufgebahrt, im Souterrain des Verwaltungsgebäudes, Fenster auf Straßenhöhe mit Eisengitter davor. Bis auf die Sprossenwände und ein paar alte Sportgeräte ist die Halle leer, jedes Wort, jeder Laut vergeht wie Rauch, der sich in die leeren Ecken verflüchtigt. Auf einer Langbank an der Wand sitzen die Kinder und wagen nur durch Lippenbewegungen, sich etwas mitzuteilen. Sie starren in die Mitte der Halle. Dort, auf dem Schreibtisch des Turnlehrers, liegt Sergo unter einem Leintuch.

Draußen im Hof steht der Fahrer. Auf den ersten Blick wirkt er ruhig, auch die vier Männer, seine Begleiter, die um ihn herumstehen, machen einen unaufgeregten Eindruck. Sie stehen jetzt zwar hier, auf diesem schmutzigen, verrottenden Internatsgelände, aber es ist, als wären sie nicht da. Sie gleichen Menschen, die versehentlich an der falschen Haltestelle ausgestiegen sind und nun geduldig auf den erstbesten Bus warten, um schnell wieder wegzukommen.

Ein paar Nachbarsfrauen, die sich ebenfalls im Internatshof versammelt haben, beobachten die Gruppe neugierig. Sie wollen herausfinden, wer der Mörder sein könnte. Tina, eine der älteren, mit einem zu kurzen Bein und auf einen Stock gestützt, bleibt mit ihrem Adlerauge an dem Fahrer haften und mustert ihn aufmerksam. Sein massiges Doppelkinn, das den Hals verkürzt, und die Ader, die auf seiner geröteten Stirn hervortritt, lassen ihn wie eine aufgeblasene Kröte aussehen. Auch die anderen Frauen sehen den Fahrer an. Die Tatsache, dass dieser Mann hier im Blickfeld aller so gefasst dastehen kann, unterstreicht seinen Mut und nötigt den anderen Respekt ab.

»Es war wohl nicht seine Schuld ...«, sagt Wenera, eine Frau um die sechzig mit kurzen, grauen Haaren und Perlenkette. Tina kneift die Augen zusammen, als glaubte sie den Worten der Nachbarin nicht, und achtet auf das Verhalten des Mannes.

»Er scheint kein schlechter Mensch zu sein ... Den Zinksarg hat er abgelehnt, er hat auf einem Holzsarg bestanden und sogar die Grabkosten übernommen. Sonst hätte man den Jungen anonym bei den Armen beerdigt, ohne Stein und ohne Namen.«

»Ah ja ...« Tina wirkt beeindruckt, ihren Mund mit den spitzen, grauen Zähnen lässt sie wie ein Fisch offenstehen.

»Ein anderer hätte sich nicht mal nach ihm erkundigt«, führt Wenera aus. »Warum auch? Wenn einem weder die Eltern noch die Miliz im Nacken sitzen.«

»Wohl wahr!«, bestätigt Tina.

Während die Menschen sich im Hof versammeln, stehen Wano und Zizo besorgt beieinander. Offensichtlich hat niemand damit gerechnet, dass man Sergo tot ins Internat zurückbringen würde. Dem Plan nach sollte sein letzter Weg vom Krankenhaus direkt auf den Friedhof gehen.

Die beiden betreten die Turnhalle. Zizo ist nervös, mal steckt sie die Hände in die großen Rocktaschen, mal nimmt sie sie wieder heraus, um im Gespräch aufgeregt zu gestikulieren. Dabei schaut sie zu Awtos Schreibtisch, als läge dort eine Bombe, die jeden Augenblick explodieren kann.

Lela setzt sich neben die Kleinen. Die verängstigte Stella weicht ihr nicht von der Seite:

»Ist er tot? Ist Sergo tot?«

Stella zieht die Augenbrauen hoch, mit ihrem verschmierten Gesicht steht sie fassungslos vor ihr.

Lela nimmt sie vorsichtig am Arm, setzt sie neben sich:

»Ja, er ist tot.«

Stella verstummt, als säße sie im Theater und wartete, dass der Vorhang aufgeht.

Die Kinder sitzen wie Ersatzspieler auf der Bank und versuchen, etwas von den Gesprächen der Lehrer aufzuschnappen. Wano und die Direktorin haben die Köpfe zusammengesteckt, Zizo zeigt hinüber zu den Kindern, erklärt ihm etwas und verlässt mit forschem Schritt die Halle. Wano bittet Awto, die Kinder aus der Turnhalle zu scheuchen und niemanden mehr hereinzulassen.

»Gleich kommt der Priester, und es geht auf den

Friedhof«, sagt Wano, auch er will gehen, doch ein platter Basketball kommt ihm in die Quere, verfängt sich zwischen seinen Füßen, fast wäre er gestürzt. Lewana, einer von den Zwölfjährigen, kann sich das Lachen nicht verbeißen. Wano gibt dem Ball einen wütenden Tritt und schießt ihn zur Seite. Den Kindern wirft er einen bitterbösen Blick zu, sagt aber nichts und verschwindet aus der Halle.

Irgendwoher hatte sich das Gerücht verbreitet, dass Sergo in die Hölle kommt, weil er nicht getauft ist, und dass Feuer und Teufel mit Peitschen, Ruten und heißen Glüheisen auf ihn warten – eine Vorstellung, die Dali den Kindern schnell austreiben möchte: Sie erklärt ihnen, dass Vater Jakob gleich ein Ritual vollziehen wird, damit Sergos Seele ins Paradies auffahren kann.

Jakob trifft ein. Über seinem lebensvollen, dichten Bart blitzen ebenso schwarze, strenge und lebhafte Augen. In Begleitung von Zizo und Wano segnet er die Internatsgebäude und zeichnet mit dem Öl ein Kreuz über die Türen. Die Kinderhorde folgt ihnen, und zum Schluss gehen sie auch hinüber zum Badehaus. Der Priester schreitet das Gebäude von allen Seiten ab, er stapft durchs Gestrüpp und spendet dem Badehaus Gottes Segen. Kletten bleiben an seinem Priesterrock hängen, wie kleine, feste, haarige Wesen, die Vater Jakob anflehen, sie zu erlösen und von hier wegzubringen.

Nach der Segnung des Badehauses versammeln sich die Kinder im Hof und werden gemeinschaftlich getauft. Sie wissen, dass sie jetzt von der Hölle erlöst werden.

Die Taufpatin aller Kinder ist von nun an Dali, die sich langsam wieder fängt und froh ist über ihre Mission. Der Priester verteilt Holzkreuze an die Kinder, auch an Lela, und sie machen sich auf die Suche nach Schnüren und Bändern, um sich das Kreuz um den Hals zu hängen.

Niemand kommt, um von Sergo Abschied zu nehmen. Nur die paar Leute aus dem Nachbarhaus, die die Internatskinder gut kennen, weil sie oft in ihren Hof herüberkommen, manchmal nur zum Spaß und um die Zeit totzuschlagen, manchmal auch zum Telefonieren, zumindest wenn sie jemanden haben, den sie anrufen können. Ein paar tüchtige Jungs, einschließlich Sergo, sind sogar mehrmals gegen eine kleine Entlohnung als Helfer eingestellt worden, denn manche Nachbarn ziehen in den nahen Gärten Tomaten, Kräuter und Bohnen, manche haben Obstbäume, deren Äste sich zur Erntezeit unter der Last der Früchte biegen.

Ein Auto fährt vor und bringt einen kleinen, gelben Sarg aus Holz. Der Mann, der Sergo angefahren hat, spricht mit dem Chauffeur und erteilt ihm Anweisungen.

»Man glaubt, sie sind Schwachköpfe, aber schau mal, wie sie alles spüren«, sagt Wenera und hängt sich bei ihrem Sohn Goderdsi ein, der auf die Bemerkung seiner Mutter hin die Internatskinder ausdruckslos beobachtet. Dann löst er sich aus ihrem Arm und geht zu den Männern hinüber.

Als Sergo in den Sarg gelegt wird und die Nachbarn ihn aus der Turnhalle hinauftragen, sind die Kinder vollzählig versammelt. Jedes will in den vorderen Reihen stehen, um vielleicht doch noch einen Blick auf Sergo zu erhaschen. Koba kommt mit langen Schritten aus dem Verwaltungsgebäude und bringt eilig zwei Stühle, wie es der Brauch erfordert. Diese Stühle haben ihr Leben in den Klassenzimmern gefristet, jetzt müssen sie zum Stützen des Sargs am Kopf- und Fußende dienen – Sergo darf noch ein paar Minuten in seinem heimischen Hof verbringen. Alle schweigen. Nur Dali, zerzaust und bleich, schluchzt vor sich hin. Wie für einen aus dem Leben geschiedenen Erwachsenen wurde auch für Sergo ein Anzug geschneidert. Herausgeputzt liegt er in seiner engen Behausung, die Hände auf der Brust gefaltet, in die kleine, tote Hand hat man ihm ein Taschentuch gelegt. Aber Sergo weint nicht. Wäre er am Leben, hätte sich Lewana jetzt sicher über ihn lustig gemacht, doch Lewana schweigt, es fällt ihm nicht leicht, den Anblick seines fremd gekleideten Mitbruders zu ertragen. Auch der Bezirksinspektor Pirus ist anwesend, er trägt einen irgendwo aufgetriebenen Nelkenkranz in den Bus.

»Los geht's!« Die Männer heben den Sarg auf ihre Schultern. Koba stößt mit seinem Fuß erst den einen, dann den zweiten Stuhl um, und für einen Augenblick ähneln die Stühle schuldigen Lebewesen, die anstelle aller anderen für Sergos Tod büßen und öffentlich bestraft werden müssen.

»Lela, kommst du mit?« Zizo deutet auf den Bus. Auch Irakli ist da, er weicht Lela nicht von der Seite.

»Ich komme«, sagt Lela. »Und die Kinder wollen auch mit.«

Zizo denkt einen Moment nach, dann geht sie zu Dali.

Die verweinte Heilige mustert die Kinder, sortiert die kleineren, eher überforderten aus und bedeutet dem Rest der Gruppe einzusteigen: »Geht, aber seid still. Benehmt euch.«

Die Kinder stürzen freudig zum Bus, als ginge es nicht zum Friedhof, sondern irgendwohin an einen guten Ort zu einem freudigen Anlass.

Lela steigt ein und stellt sich ans hintere Fenster. Im Internat war kein Foto aufzutreiben, sonst hätte man eine Großaufnahme des Verstorbenen an der Windschutzscheibe angebracht, wie es hier üblich ist. Der Bus setzt sich langsam in Bewegung und folgt dem Wagen, der Sergos Leichnam zum Friedhof fährt. Am Tor bleibt Dali mit den kleineren Kindern zurück, unter ihnen Kolja, Stella, Pako, einige weinen und umklammern Dalis breite Oberschenkel. Der Wagen stößt schwarzen Qualm aus und fährt so langsam, wie die vier Männer den Sarg zu Fuß auf der Schulter getragen hätten, als wäre ein höheres Tempo unangebracht auf diesem letzten Weg, den ein Geschöpf Gottes auf Erden zurücklegen muss.

Der Bus hält beim Awtschala-Friedhof. Die Kinder steigen aus. Gulnara, die Werklehrerin, mit ihrer schnabeligen Nase und ihrem ungelenken Körper beauftragt Lela, auf die Kinder aufzupassen. Mit drohendem Blick schärft sie ihnen ein, Lela nicht von der Seite zu weichen. Sie stellen sich in Zweierreihen Hand in Hand auf, wie es bei den Sportparaden zu Sowjetzeiten üblich war.

Neben dem Eingang zum Friedhof zieht sich ein langer, achtstöckiger Wohnblock hin, an einer Seite wirkt er wie ausgeweidet, von einem Brand oder einem Erdbeben. Nur die Wände stehen noch, mit schwarz verkohlten Fensterhöhlen. Erst bei näherem Hinsehen ist zu erkennen, dass in einem Teil der Ruine Menschen wohnen. Auf sonnengebleichten Balkonen hängen Wäschestücke an der Leine, aufgefädelte Zwiebeln, Knoblauchzöpfe, Safranblumen und in Damenstrümpfe gefüllte Haselnüsse. Das Gebäude steht schief, als ob es auf dieser Seite unter dem Gewicht seiner Bewohner langsam zu Boden ginge und in die Erde sänke.

Die Sonne brennt auf den Friedhof herab. Die kleine Prozession erklimmt den Hang. Lela betrachtet die Gräber und fragt sich, ob es hier irgendwo einen eigenen Debilenfriedhof gibt oder ob sie alle einen gemeinsamen haben, denn Erde ist nun mal Erde. Die Kinder mustern die Grabsteine, manche, die es können, lesen die Namen.

Das Grab ist bereits ausgehoben. Die Männer stellen den Sarg neben der Grube ab. Unter Gemurmel vollzieht der Priester das Vergebungsgebet für Sergo. Die Lehrer wirken ein wenig ausgezehrt und müde, alles ringsum ist von der Sonne verdorrt, jeder Schritt wirbelt Staub auf. Der Totengräber, ein runzliges, krummes Männchen, geht zum Sarg und nimmt vorsichtig das Grabtuch vom Gesicht und den Schultern des Toten. Die Kinder betrachten Sergo, der in seinem grauen Anzug daliegt, die Augen geschlossen, das Gesicht aufgedunsen. Augen und Mund sind bräunlich angelaufen, die Hände hat er auf der Brust gefaltet.

»Du Unglückseliger …«, sagt Gulnara.

Ehe der Priester die Stimme erhebt und um Vergebung der Sünden bittet, schaut Lela in Sergos Gesicht, das leicht verstimmt aussieht. Die Kinder stehen verstreut auf den schmalen Wegen zwischen den Gräberreihen und blicken unverwandt hinüber zu Sergo. Das runzlige, staubgraue Männchen wartet nach dem Gebet einen Augenblick, ob sich vielleicht noch jemand von dem Verstorbenen verabschieden will. Dann nuschelt Gulnara etwas Unverständliches und nickt dem Totengräber zu, als Zeichen, er solle weitermachen. Der Mann bedeckt Sergos Hände, Schultern und Gesicht wieder mit dem Grabtuch.

Lela weiß, dass Sergo tot ist, und doch erstaunt es sie, dass er nichts sagt und sich nicht gegen das Geschehen um ihn herum wehrt. Niemand geht zu ihm, um sich zu verabschieden, und auch als der Sargdeckel verschlossen wird, hat er nichts zu sagen und auch nichts einzuwenden.

Der Sarg wird in die Grube gelassen.

Als sie beginnen, Erde hineinzuwerfen, als aus der Tiefe das Geräusch der auf das Holz fallenden trockenen Erdklumpen den Anwesenden wie ein Schwert ins Herz fährt, drehen sich die Lehrer und Kinder um und gehen die Wege zwischen den Gräbern hinunter zum Ausgang. Sergo bleibt allein zurück, mit dem Totengräber und zwei fremden Arbeitern, die ihren Dienst – Gott sei ihr Zeuge – gewissenhaft zu Ende bringen und ihn auf ewig der Erde von Awtschala übergeben.

Über dem Friedhof erhebt sich eine Staubwolke. Die Kinder versuchen sie mit Händefuchteln zu vertreiben.

»Nicht zurückschauen!«, ruft Gulnara in die Menge und hält sich an einem Grabgitter fest, um nicht abzurutschen.

»Warum denn nicht?«, fragt Irakli.

»Das gehört sich so«, antwortet die Werklehrerin, sie verliert den Halt und kommt ins Rutschen; der Turnlehrer Awto reicht ihr seinen kräftigen, behaarten Arm.

»Nicht zurückschauen, verstanden?«, ruft Lela den über die Grabwege verstreuten Kindern zu.

»Warum denn nicht, Lela?« Irakli wundert sich immer noch.

»Darum.« Lela läuft einen kleinen Hang hinunter.

»Das darf man nicht«, bestätigt Lewana. »Wenn ein Toter begraben ist, muss man ihn in Ruhe lassen. Man darf auch nicht mehr weinen.«

Der Fahrer hat den Bus im Schatten des halb eingesunkenen Wohnblocks abgestellt, er sitzt im Hof auf einer Bank, qualmt schweigend eine filterlose Zigarette und wartet geduldig, dass die Trauergemeinde zurückkehrt.

2

Lela kann sich nicht mehr daran erinnern, wann oder wie ihr Leben im Internat begonnen hat. Wo ist sie zur Welt gekommen? Wer war ihre Mutter? Von wem wurde sie verlassen? Wer hat sie ins Internat an der Kertsch-Straße gegeben? Auf all diese Fragen gibt es keine Antwort, und auch Zizo kann nicht viel über Lelas Herkunft sagen und hat auch nichts Tröstliches über ihre Eltern zu berichten. Früher hat sie auf Lelas Bitte trotzdem hin und wieder ihre Unterlagen hervorgeholt und durchgeschaut. Vor der Kertsch-Straße hat Lela im Kinderheim von Temka gewohnt, im Schulalter hat man sie dann hierher gebracht. Das war wohl auch schon ihr gesamter Lebenslauf.

Manchmal versucht sie sich ihr erstes Kinderheim vorzustellen. Ihr ist so, als könnte sie sich noch an eine Frau erinnern, die Klavier spielt, an ein Neujahrsfest und einen kegelförmigen Hut aus Papier. Er war mit Resten von Lametta beklebt und mit einem Gummiband unterm Kinn befestigt. Wie kam es, dass sie von dort fortgegangen ist? Wer waren diese Menschen? Manchmal denkt sie, dass sie sich das, woran sie sich erinnert, bloß einbildet, dass es in Wirklichkeit nie eine Klavierspielerin gab und nie einen spitzen, glitzernden Papierhut.

Wenn Lela von irgendwo auswärts wieder ins Internat zurückkehrt, schlägt ihr schon beim Betreten des Hofs der wohlvertraute Geruch entgegen: Das Internat nimmt sie in seinen fauligen Schoß auf. Jeder Winkel hat hier seinen einzigartigen, Lela wohlvertrauten Geruch. Was der Wind durch die eingeschlagenen Fenster des Wohnhauses weht, ist wie der Gestank einer Bahnhofstoilette. Auch in den Gängen wütet der Klogeruch. In den Fernseh-, Schlaf- und Spielräumen haben sich die verschiedenen Dünste zu einer so hartnäckigen Mischung vereinigt, dass sie mit frischer Luft und Durchzug nicht mehr zu vertreiben sind. Der Ungewaschene-Kinder-Geruch, der jedem Neuankömmling in die Nase steigt, der Gestank des Waschmittels für die Kindersachen vermischt sich mit dem Geruch der schmuddeligen Bettwäsche, der vollgepissten Matratzen, alten Polster und Wolldecken, die von Generation zu Generation weitergegeben werden. Es riecht nach dem Petroleumheizkörper, nach dem Blechofen, nach den durchgewetzten Sesseln im Fernsehzimmer und dem stinkenden Klebeband, das die Fensterritzen abdichtet und dem sich der zarte, gesunde, säuerliche Duft von Malven beigesellt, die auf den Fensterbrettern aufgereiht stehen.

Zeitweise betäubt der vom Ende des Gangs herangewehte Toilettengestank alle anderen Gerüche, und wenn Lela in einem solchen Moment das Internat betritt, muss sie an die Mutter von Tariela denken, die bis zu ihrem Tod herumirrte, einfach so, ohne Ziel. Jeder kannte sie im Bezirk. Sie roch nach Pisse und fand oft nicht mehr nach Hause, sie lief in den Internatshof und setzte sich auf die Bank. Weder ihren Sohn, den Wärter, noch ihr Enkelkind erkannte sie mehr. Sie muss eine gute Frau gewesen sein, fleißig und handfertig, die viel

Qual und Not erlitten hatte. Als ihr Mann starb, legte sie Trauerkleidung an, und in diesen schwarzen Gewändern schwanden ihre körperlichen Kräfte und verblasste ihr Gedächtnis.

Im Badehaus steht der strenge Geruch nach Waschpulver, stinkender Waschseife und feuchten Wänden mit Schimmel in den Ecken. Lela geht am liebsten allein baden, meistens Anfang der Woche, weil dann die Frauen bereits mit der Wäsche fertig sind. Wenn Lela frisch gebadet in ihre alte, ungewaschene Kleidung schlüpft, spürt sie, dass sie in ihre alte Haut zurückkehrt.

Im Speisesaal stinkt es nach Fett und Tagesgericht, meistens Brei, Borschtsch, Bratkartoffeln oder falsche Frikadellen, die nicht aus Hackfleisch, sondern aus altem Brot und Kartoffeln gemacht sind. Der seltsame Geruch der riesigen, fettigen Gasplatten lässt sich einfach nicht vertreiben.

Im Verwaltungsgebäude gibt es nur den schwindelerregend fremdartigen Geruch des Türleders, in den sich ein wenig Kindermief mischt, wenn die Kleinen aus dem Wohnhaus zum Unterricht herüberkommen.

Einige Türen sind mit einem Messer aufgeschlitzt, gelber Schaumstoff quillt heraus. Die Kinder lieben es, im Vorbeigehen daran zu zupfen und sich mit Schaumstoffflocken zu bewerfen.

Es gibt eine Stelle, die Lela gerade wegen des Geruchs gern aufsucht: die schmale, rostfarbene, eiserne Feuerleiter außen am Wohngebäude, eine Wendeltreppe, die im Sommer einen ungewöhnlichen, süßlichen, anziehenden Hitzeduft verströmt. Seit ihrer Kindheit steigt sie dort hinauf, obwohl ihr immer schwindlig wird. Früher musste sie nach jedem Schritt haltmachen, bevor sie die nächste Stufe erklomm.

Oben riecht sie an ihrer Handfläche und stellt jedes Mal fest, dass sich am Geruch des Geländers nichts geändert hat. Die Wendeltreppe endet im vierten Stock auf einer kleinen Plattform. Von hier aus kann man den Sportplatz überblicken. Man kann sich auch leicht über das Geländer hinauslehnen und nach den Spitzen der Tannenzweige greifen.

Viele Tage und Stunden hat sie schon auf dieser Feuertreppe verbracht. Hinauf, hinunter, hinauf, hinunter – ein Spiel, bei dem sie sich ständig einzureden versuchte, diesmal werde die Treppe sie ganz woanders hinführen, und doch endete sie jedes Mal vor einer nackten, türlosen Wand, und das Gefühl, anderswo hinkommen zu können, verflüchtigte sich.

Wenn es in Strömen gießt und der Regen nicht nur die Feuertreppe, sondern die ganze Umgebung blitzblank wäscht, entsteht ein heftiges Getrommel auf dem erhitzten Eisen. Die Oberfläche lässt die Tropfen hüpfen, als wollte sie sie wieder in den Himmel zurückschleudern. Wenn Lela aus dem Fenster den strömenden Regen beobachtet, stellt sie sich vor, wie irgendwo auf dem Gelände völlig durchnässt Tarielas Mutter herumtappt und etwas sucht, verwirrt und hilflos.

Zwischen Badehaus und Hauptgebäude liegt ein weites Stück Land, das von allen gemieden wird, obwohl es auf den ersten Blick anziehend und einladend wirkt. Die kleinen krüppeligen Birnbäume, die dort wachsen, tragen Jahr für Jahr Früchte, aber niemand rührt sie an. Zu oft schon sind neu angekommene Kinder auf das lockend grüne Feld hinausgestürmt, und dann wurden ihnen die Füße plötzlich schwer, wie von einer unheimlichen Kraft festgehalten. Das Feld steht immer unter Wasser, offenbar ist schon seit Jahren irgendwo ein Wasserrohr undicht und flutet das Feld, vielleicht kommt das Wasser auch aus der Erde und besitzt Heilkräfte. Keiner weiß es.

Nun stehen sie da, die Birnbäume, von allen verlassen, mit niedrigen, knorrigen, warzenbedeckten Stämmen und langen, ineinander verflochtenen Ästen, die fast bis zur Erde reichen. Diese Bäume tragen jeden Sommer große grüne, glänzende Birnen. Wer doch eine abpflückt und hineinbeißt, merkt, dass sie steinhart sind und wässrig schmecken, vielleicht weil sie nie rechtzeitig bis zum Kälteeinbruch reif werden, vielleicht auch wegen des Wassers unklarer Herkunft.

Während Lela beim Ersteigen der Feuertreppe denkt, sie könne in eine andere Welt gelangen, denkt sie beim Laufen über das Birnenfeld, sie werde ihm niemals entkommen. Ihr Herz beginnt heftig zu schlagen, mit plötzlicher Klarheit sieht sie sich selbst, von den Birnbäumen gepackt und zu Boden geworfen, ihr Körper in die weiche Erde gedrückt, von Wurzeln umschlungen.

Am Tag nach der Beerdigung bittet Zizo Lela zu sich. Sie ist höflich und freundlich und bietet ihr Schokolade an. Lela lehnt ab. Die Direktorin dankt ihr, dass sie der Schule in dieser schweren Zeit beigestanden habe. Lela weiß, dass sie nicht viel dafür getan hat, um dieses besondere Lob zu bekommen. Dann spricht Zizo lange über etwas, dem Lela nicht recht folgen kann, umso mehr, als es um »Arbeit«, »Zukunft« und »Perspektive« geht.

Lela hat die Schule vor drei Jahren beendet, jetzt ist sie achtzehn, aber sie weiß immer noch nicht, was aus ihr werden soll. Von Arbeit wagt sie nicht zu träumen. Was kann sie schon, wer würde sie einstellen? Arbeit, sagt Zizo immer, finden nicht mal die Normalen, welche Hoffnung sollte sich da eine Internatsabsolventin machen? Dafür können sie ewig lange im Internat bleiben, wie Lela, die einzige, die nach dem Abschluss immer noch in der Schule wohnt. Das Internat zwingt niemanden wegzugehen. Aber die Schulabgänger gehen trotzdem, von sich aus. Manche brechen die Schule ab und verschwinden einfach. Sie gehen zum Betteln ins Stadtzentrum, an die Bahnhöfe, an Orte, wo viele Menschen sind. Ganz selten findet mal jemand eine Arbeit, zum Beispiel als Träger auf dem Lilo-Markt oder dem Nawtlughi-Basar. Einige heiraten, die meisten tauchen nie wieder auf.

Zizo bietet Lela eine Arbeit als Wärterin an, in dem Häuschen, in dem Tariela seit ein paar Jahren den Großteil seiner Zeit verbracht hat. Der Hof des Internats dient als Parkplatz. Einige Nachbarn lassen über Nacht ihr Auto dort stehen und zahlen monatlich dafür. Das nehmen sie in Kauf, Hauptsache, man steht nicht morgens da und stellt fest, Spiegel, Reifen, Radio sind weg oder gleich das ganze Auto. Zizo hat beschlossen, diese Aufgabe Lela zu übertragen, sie vertraue ihr, sie mache das auf jeden Fall besser als Tariela. Von nun an würde Lela ihr eigenes Geld verdienen. Einen Teil ihrer Einnahmen vom Parkplatz habe sie Zizo für die Haushaltskosten abzuliefern. Lela sagt zu.

Mit bedrücktem Gesicht beginnt Tariela sein Häuschen zu räumen. Es ist, als würde er jetzt noch mehr hinken. Mit Iraklis Hilfe richtet sich Lela ein Bett her. Ihre paar Kleidungsstücke und den restlichen Kram stapelt sie auf dem winzigen Tisch. Ein kleiner Spiegel hängt noch im Wärterhäuschen, Tariela hat ihn dagelassen, dort befestigt Lela das Kreuz, das Geschenk von Vater Jakob.

Tariela humpelt aus dem Tor. Er will seinen Arbeitsplatz nicht verlassen, aber er fügt sich Zizos Willen. Er hat oft in diesem Wärterhäuschen überwintert, Veilchen, seine plattgesichtige gütig lächelnde Frau, kam jeden Tag und brachte ihm Essen vorbei, sie passte nur seitlich durch die enge Tür. Gelegentlich wurde Tariela von seinem Sohn abgelöst, der beim Militärdienst um den Verstand gekommen war. Sie hatten Ghnazo, ihr einziges Kind, für eine gewisse Zeit in ein Irrenhaus gebracht, wo er angeblich behandelt wurde. Seit seiner Entlassung wandert er umher, im schwarzen Mantel, mit wirren, abstehenden Haaren, und redet vor sich hin. Er versucht dem Wind etwas zu erklären, doch der Wind trägt seine Worte fort und lässt Ghnazo ohne Antwort.

Der Kummer hat Tariela und Veilchen vorzeitig altern lassen. Wer hätte gedacht, dass ihr einziger Sohn, ihr geliebter Ghnazo, dieser grundanständige Junge, der nicht mal als Kind etwas geklaut hatte, der in Mathe immer der Beste gewesen war und sogar mit Mädchen anständig und höflich reden konnte, eines Tages einfach so aus der Armee in einem Irrenhaus landen würde und danach nur noch sorgenschwer, in immer denselben Klamotten und mit wüsten Haaren umherirren würde? Es gab Gerüchte, dass Ghnazo keine Spiegel mag, dass er seinen eigenen Anblick nicht erträgt. Angeblich musste seine Mutter sogar den Badezimmerspiegel entfernen. Wenn Tariela sich rasieren will, holt er die Spiegelscherbe hervor, die er unter der Badewanne versteckt hat, und lehnt sie an Veilchens Shampoo-Flasche. Manchmal nahm er seine Schüssel und seine Rasierklinge auch mit ins Wärterhäuschen und machte sich dort vor dem Spiegel frisch.

Tariela verlässt das Internatsgelände wie ein langjähriger Mitarbeiter, dessen Stelle allfälligen Kürzungen zum Opfer gefallen ist und der weiß, dass es zwecklos ist, sich dagegen zu wehren. Stumm trägt er sein Leid, davon überzeugt, dass sein fortgeschrittenes Alter der wahre Grund ist für das Unglück. Wenn er jung wäre, würde er anders mit Zizo sprechen, aber ein alter Mann hat nichts mehr zu melden. Bedächtig tritt er den Weg nach Hause an, wo sein rundes Veilchen und der verrückte Ghnazo auf ihn warten.

Für Lela beginnt ein neues Leben. Sie nimmt Abschied von dem fünfstöckigen Gebäude, wo sie jahrelang mit den anderen Mädchen in einem Zimmer schlief. Jetzt wird sie das Haupthaus nur noch wegen der Toilette aufsuchen. Die Kinder wuseln um sie herum, verfolgen die Veränderung noch scheuer und respektvoller als sonst.

Lela setzt sich auf das Bett und zündet sich eine Zigarette an. Auf dem Tisch steht ein großer Aschenbecher aus geschliffenem Kristallglas, den Tariela ebenfalls vergessen hat, sie ascht hinein und fühlt sich dabei wohl. Irakli betritt das Wärterhäuschen. Auch er setzt sich aufs Bett, und sie reicht ihm den Zigarettenstummel.

Vor einem Jahr, als Irakli neu ins Internat kam, hatte Zizo sie gebeten, ihm das Gelände zu zeigen und die wichtigsten Dinge zu erklären. Irakli stellte Fragen und schien nicht auf den Kopf gefallen zu sein, er machte auf Lela einen guten Eindruck, und seinem Wunsch nach Freundschaft und Nähe widersetzte sie sich nicht. Lela fühlte sich eher zu Kindern wie ihm hingezogen, die normal wirkten, als zu denen, die im Internat als Debile galten. Wenn es nötig war, beschützte sie auch diese Kinder, aber ihre Nähe suchte sie nicht.

Irakli hat keinen Vater, und seine Mutter wohnt in Tbilissi zur Miete, allein. Davor war er im Pflegeheim von Surami gewesen, die Mutter kam ihn nur selten besuchen, sie schaffte es wohl nicht aus der Stadt heraus. Deshalb entschied sie sich für die Kertsch-Straße. Anfangs sollte er nur von Montag bis Freitag bleiben, am Wochenende würde sie ihn zu sich nehmen, so war es vereinbart, doch viele Wochenenden verstrichen, und nie schaffte sie es, Irakli nach Hause zu holen.

Als sie hinaus auf den Hof kommen, sehen sie auf dem Brett zwischen den zwei Tannen Waska und Kolja sitzen. Waska hat wieder seinen üblichen Gesichtsausdruck: ruhig und leicht lächelnd.

»Ich bin kurz weg«, sagt sie zu Kolja. »Wenn Autos raus oder rein wollen, machst du ihnen auf, verstanden?«

Kolja nickt, und Lela kommt es vor, als machte Waska sich heimlich über sie lustig, vielleicht weil er weiß, dass er das Tor viel besser öffnen und schließen kann als Kolja, Lela aber trotzdem einen damit beauftragt, der nicht einmal richtig laufen kann.

Der Wohnblock nebenan sieht genauso aus wie das Internatsgebäude: fünfstöckig, weiß gestrichen, von Gärten umgeben, die die Nachbarn im Lauf der Zeit zu Autostellplätzen umgewandelt haben. Beide Häuser stammen aus der Chruschtschow-Zeit, eines wurde den Bürgern zu Wohnzwecken überlassen, das andere, samt Nebengebäuden, dem Internat. Der Spitzname Debilenschule verdankte sich den Leuten aus dieser Nachbarschaft.

Das Klingeln hat einen scheppernden, gütigen Klang. Msia kommt an die Tür, eine kurzhaarige, rundliche Frau, die sich die Hände mit einem Tuch abwischt und die der Anblick der Kinder keineswegs in Verlegenheit bringt.

»Entschuldigung, dürften wir telefonieren?«, fragt Lela.

»Kommt rein!« Msia öffnet die Tür weit und führt die Kinder in den Flur.

In der Wohnung herrscht ein betörender Duft nach frischem Backwerk, sie ist von beispielloser Sauberkeit. Msia holt für Irakli einen kleinen Hocker, Lela setzt sich auf die Spiegelkommode neben das Telefon. Die Gastgeberin schließt die Türen im Flur, das hat nichts Unhöfliches, im Gegenteil, ihr scheint daran gelegen, dass die Besucher sich beim Telefonieren ungestört fühlen.

Ein kleines Mädchen, Msias einzige Tochter, kommt in den Flur, und ohne hallo zu sagen, stellt sie sich hin und beobachtet die Kinder eindringlich. Das Mädchen hat einen dicken Bauch und ein riesiges Muttermal auf der Wange, das Lela an einen behaarten Käfer erinnert.

»Wen rufst du an?«

»Meine Mutter«, antwortet Irakli, ohne das Mädchen anzusehen.

»Keiner da?«, fragt Lela.

»Besetzt.«

Irakli steckt seinen Zeigefinger in die Wählscheibe und wählt jede Ziffer ganz sorgfältig. Dem Mädchen wird langweilig, es verschwindet durch die Küchentür.

»Warten wir«, sagt Lela.

Irakli legt auf.

Eine Zeit lang sitzen sie da. Der Backduft macht schläfrig. Irakli wählt noch mal, und diesmal kommt er durch.

»Hallo?« Die Frauenstimme klingt so laut, dass auch Lela sie hören kann.

»Mama, ich bin's!«

»Ah, Irakli ... Wie geht's dir?«, sagt die Stimme ein

wenig erstaunt. »Ich konnte nicht kommen, ich hatte so viel um die Ohren ... Ich hab jetzt eine neue Arbeit in Aussicht, es tut sich gerade was bei mir ... Und du? Wie geht's dir?«

»Gut. Wann kommst du?« In der einen Hand hält Irakli den Hörer, die andere stützt er auf sein Knie, und er redet so kurz und trocken, als hätte er gerade keine Zeit, um weiter auszuholen.

»Nächste Woche ... nächste Woche, das hab ich dir doch gesagt?«

»Welche Woche – die jetzt kommt?«

»Ja klar, hab ich dir doch gesagt. Weißt du nicht mehr?«

Irakli zögert, er ist unschlüssig.

»Doch ... ich dachte nur, diese Woche ...«

»Von wo rufst du an?«

»Hier, bei einer Nachbarin.«

»Was gibt's denn bei euch? Hast du noch Kopfschmerzen?«

»Nein.«

Eine Weile herrscht Stille.

»Erinnerst du dich an Sergo?«

»An welchen Sergo?«

»Na, einer von uns. Er ist gestorben.«

»Was? Warum denn ...«

»Ein Auto hat ihn angefahren.«

»Ach, der Arme ... Wie ist das passiert?«

»Er ist über die Straße gegangen.«

»Schrecklich ...«

Stille. Lela beobachtet den leicht nach vorne gebeugten Irakli, sein weißes, schmales Gesicht. Seine Stirn ist leicht gerunzelt und sein Blick gesenkt.

»Folgst du den Lehrern?«

»Ja.«

»Gut, ich muss jetzt aufhören, hab noch was zu erledigen.«

»In Ordnung.«

»Benimm dich, und geh nicht auf die Straße.«

»In Ordnung.«

Aus dem Hörer tönt das Besetztzeichen. Irakli legt auf.

»Gehen wir?« Lela steht auf.

»Gehen wir«, sagt Irakli.

Beim Rausgehen erscheint Msia an der Wohnungstür und drückt jedem zwei heiße Stück Lobiani-Bohnenbrot in die Hand, in ein Stück Zeitungspapier gewickelt, damit sie sich nicht die Finger verbrennen.

Stumm und mit schwerfälligen Schritten gehen sie die Treppe hinunter. Der Appetit, geweckt durch den Backduft in Msias Wohnung, ist verschwunden.

Es ist ein sonniger, warmer Tag. Goderdsi, Weneras Sohn, wäscht vor dem Treppenhauseingang sein Auto, alles ist überschwemmt.

»Hat sie diese Woche gesagt oder nächste? Hast du denn nicht richtig zugehört?« Lela springt über die Rinnsale. Irakli folgt ihr hüpfend.

»Ich weiß nicht …«

Marika kommt ihnen entgegen, ein Mädchen aus

dem Block, in Lelas Alter, früher haben sie manchmal zusammen gespielt. Marika wuchs ohne Vater auf und hatte eine Riesenangst vor ihrer Mutter. Wenn sie allein zu Hause war, nahm sie Lela mit in die Wohnung. Einmal hat sie Lela ihre Hand zwischen die Beine gelegt und bat Lela, dasselbe zu machen. Ihr gefiel es, wenn Marika sie zwischen den Beinen berührte, aber selbst tat sie es nicht gern, weil dann auf ihrer Hand ein komischer Geruch zurückblieb. Manchmal lagen sie lange so da, rührten sich nicht und sagten auch nichts, und Marika schloss die Augen und meinte, auch Lela solle die Augen zumachen und schlafen, aber Lela konnte nicht.

Später änderte Marika die Spielregeln, sie nahm Lela mit in einen Keller und zeigte ihr ihre Genitalien. Damals erfuhr Lela, dass es noch ein drittes Geschlecht gibt, das rätselhafte, zwischen Marikas Beinen hervorgewachsene Organ erinnerte Lela an einen Hahnenkamm. Außerdem hatte Marika keine glatte Haut mehr unter dem Bauch, sondern einen dichten, schwarzen Pelz. Damals ließ auch Lela die Unterhose herunter und legte ihre Genitalien an die von Marika. Eine Weile blieben sie so, sie kamen nicht gut aneinander ran, und am Ende warnte Marika, Lela dürfe niemals etwas davon erzählen, auch wenn nichts Schlimmes dabei sei und die anderen Mädchen in der Schule es genauso machten.

Irgendwann hörte das Spielchen auf. Und es hörte überhaupt alles auf. Marika nahm Lela nicht mehr mit zu sich nach Hause und kam auch selten in den Hof zum

Spielen. Wahrscheinlich hatte Marika begriffen, dass sie sich besser nicht mit Debilen abgab.

Wenn sie sich auf der Straße oder im Hof begegnen, grüßen sie einander immer. Manchmal, wenn Lela das zurechtgemachte Mädchen beobachtet, das längst nicht mehr das Kind von früher ist, sondern eine von denen, die auf der Straße herumlaufen und ein Haus und Eltern haben, kommen ihr Zweifel, ob sie das, woran sie sich erinnert, vielleicht nur geträumt oder sogar erfunden hat.

»Wohin gehst du?«, fragt Lela.

»Zum Englischunterricht!« Marika lächelt Lela zu. Ihr kastanienbraunes Haar wippt beim Gehen auf den Schultern, sie hat eine längliche, dünne Nase und ein schüchternes Lächeln.

»Iss!« Irakli erinnert Lela an ihr Bohnenbrot. Kauend gehen sie die sonnige Straße hinunter.

Lela muss an einen Besuch bei Marika denken. Sie waren allein. Lela ließ sie heimlich eine Zigarette rauchen. Später zogen sie die knusprige Brotrinde ab und aßen. Sie verstellten die Stühle in der Wohnung und verwandelten den Raum in ein Theater. Sie waren so vertieft, dass sie gar nicht merkten, als Marikas Mutter von der Arbeit kam. Sie grüßte Lela freundlich, doch ihre Tochter fuhr sie an, warum sie sich nicht um ihre Hausaufgaben kümmere. Marika entschuldigte sich bei Lela und sagte, sie müsse noch was für Englisch machen. Die Mutter brachte sie zur Tür, beim Hinausgehen streifte Lela den Türrahmen, und Marikas Mutter merkte nicht, wie sie ihr beim Türzuschlagen die Finger einklemmte.

Lela stieß einen Schmerzensschrei aus. Die Frau öffnete, nahm erschrocken ihre Hand und pustete auf die Finger. Lela brach in Tränen aus, und Marikas Mutter wollte einen kalten Lappen holen, doch sie lehnte ab und ging.

»Was hat sie denn am Schluss gesagt?«

»Sie kommt nächste Woche, sie hat nächste Woche gemeint.«

Lela entfernt den Zeitungsfetzen von ihrem Bohnenbrot, als verscheuche sie ein Insekt.

»Was kriechst du ihr in den Arsch! Du weißt doch selbst, dass sie nicht kommt. Aber nein, du musst immer wieder hin und anrufen und dich kleinmachen.«

Irakli mampft sein Lobiani.

»Mach, was du willst. Ich jedenfalls würde sie nicht mehr anrufen«, sagt Lela.

Die Sonne sticht vom Himmel. Alles ist in ein glänzendes Licht getaucht. Ein kleiner Wind bewegt sanft die Blätter oder die Schatten, die träge auf der leeren Straße liegen. Alles scheint stillzustehen. Als hätten sich alle auf einmal entschlossen, wegzugehen und ihre Bude dicht zu machen. Vereinzelte Autos fahren vorbei, ein Minibus zieht eine Staubwolke hinter sich her.

An einer Stelle am Straßenrand, wo die Äste eines Maulbeerbaums über den Zaun ragen, sitzen ein paar alte Frauen im Schatten. Sie plaudern, schlagen die Zeit tot.

»Hallo«, sagt Lela, die Hände in der Weste, und geht schnell weiter.

»Hallo«, grüßt auch Irakli.

Die Frauen kneifen die Augen zusammen.

»He, warte mal!«, ruft eine.

»Was ist?« Lela schirmt ihre Augen vor der Sonne ab, sie weiß nicht, welche gerufen hat.

»Komm mal her!«, sagt die eine, die etwas jünger aussieht. Sie trägt ein buntes Kopftuch, hat hohe Backenknochen und einen eingefallenen Mund. Sie muss einmal eine hübsche Frau gewesen sein. Die anderen Alten flüstern ihr etwas zu.

»Bist du ein Junge?«

Lela ahnt, worauf sie hinauswollen.

»Ja. Hast du ein Problem?«

»Komm, gehen wir …«, sagt Irakli.

Die Frauen brechen in Gelächter aus. Es ist, als ob dieses Lachen ihre alten, runzligen und verhärteten Gesichter von etwas befreite. Die mit dem bunten Kopftuch blickt Lela prüfend an:

»Aber du hast doch gar nichts in deiner Hose, wie willst du dann ein Junge sein?«

»Klar hab ich was in meiner Hose, was denkst du denn?!« Die Frauen kichern noch mehr.

»In der Hose sagst du? Wo denn da? Warum sieht man es nicht?«, wagt sich jetzt auch eine andere hervor, Brillenträgerin, mit einer Zeitungsrolle verscheucht sie die Fliegen von ihrem Schienbein.

»Na, dann zeig es uns doch …«

»Gerne! Da kriegst du aber einen Riesenschreck!«, sagt Lela, und Irakli muss laut lachen.

»Einen Riesenschreck? Ich?«

»Na klar, wer denn sonst! So einen langen und steifen hast du noch nie gesehen!«

Irakli erstickt fast vor Lachen.

Die Frauen prusten los, einige fluchen.

Irakli und Lela gehen weiter.

»He du! Du magst Mädchen, nicht wahr?«, ruft ihr die mit dem bunten Kopftuch nach.

»Ja, aber nicht solche wie dich!«, ruft Lela über die Schulter zurück.

»Ah … Wie bin ich denn … Was weißt du denn, wie ich überhaupt bin …« Die Frau versucht sich ihre Verunsicherung nicht anmerken zu lassen.

»Na, wie sollst du schon sein – voll Scheiße!«, ruft Lela zurück.

»He du, Mädchen oder Junge, egal, zwing mich nicht aufzustehen, sonst setzt's was!«

»Komm, worauf wartest du noch!« Lela bleibt stehen. »Komm schon, wenn du unbedingt willst, ich schlag dir deine alte Birne ein! Ist mir doch egal, mich wird keiner einsperren, sie werden sagen, ich bin verrückt, schwachsinnig … Aber für dich wird's nicht so schön sein, mit eingeschlagenem Schädel rumzurennen, nicht wahr?«

Die Frauen gackern los. Sie fluchen. Lela und Irakli gehen weiter. Plötzlich dreht Irakli sich um, nimmt einen Kieselstein und schleudert ihn den Frauen vor die Füße:

»Fickt euch! Wichser!«

An einem alten Kiosk, wo man nur Petroleum, Streichhölzer und Zigaretten kaufen kann, bleiben sie stehen. Ein Verkäufer ist nicht in Sicht, doch ein paar Meter weiter hockt ein Mann. Als er die beiden kommen sieht, erhebt er sich langsam. In Sporthose und Schlappen geht er durch das Tor und kommt mit einer schwarz gekleideten, hageren Alten zurück, die ihren Posten wieder einnimmt.

Mit Glimmstengeln eingedeckt, gehen sie denselben Weg zurück. Die Frauen sitzen immer noch da. Sie bemerken Lela und Irakli, aber vertieft in ein anderes hocherregtes Gespräch, achten sie nicht mehr auf sie. An Wortwechseln mit Geisteskranken sind sie nicht mehr interessiert.

In der Nacht hält ein Wagen vor dem Tor des Internats. Lela tritt aus dem Wärterhäuschen und öffnet. Es ist Koba, sein Auto blitzt vor Sauberkeit. Er lässt das Fenster herunter und mustert Lela von unten herauf. Er wirkt gar nicht mehr so scheu und zurückhaltend wie neulich, als das mit Sergo passiert war.

»Wie geht's?«

»Gut.«

»Wo ist Tariela?«

»Er arbeitet nicht mehr. Ich bin jetzt hier.«

»Wow ... nicht schlecht!«

Lela wartet, dass Koba sein Auto hereinfährt, sie muss ja das Tor wieder schließen, aber Koba hat es nicht eilig.

»Wann soll ich mit dir 'ne Runde drehen?«

»Ich weiß nicht. Hab keine Zeit.«

»Wow ... keine Zeit?«

Koba denkt einen Moment nach, dann lächelt er gekünstelt und schüttelt ein wenig den Kopf, als wollte er zeigen, dass er viel mehr zu sagen hätte. Dann fährt er sein Auto herein. Im Hof ist niemand außer einem Hund mit mageren, eingefallenen Flanken, der heiser bellt, nur so, wohl aus Pflichtgefühl.

Nachdem Koba sein Auto auf dem Parkplatz abgestellt hat, steuert er über den mondbeschienenen Hof zum Ausgang. Er klopft ans Fenster des Wärterhäuschens und öffnet dann die Tür. Lela sitzt auf dem Bett und raucht.

»Ich will es nicht umsonst, ich bezahl dich. Wie viel willst du?«

Lela schweigt. Koba stellt sich wie ein Cowboy in die Tür, obwohl weder seine Statur noch seine Kleidung diese Stellung begünstigen: Karottenjeans, in die er ein Hemd mit roten Palmen gesteckt hat – das Outfit eines postsowjetischen Touristen, den es irrtümlich in die Kertsch-Straße verschlagen hat.

»Was ist, war's nicht gut beim letzten Mal?«

Koba lächelt. Er hat ein seltsames, schiefes Lächeln, weil er unwillkürlich versucht, seine Zahnstummel zu verstecken.

»Na, was sagst du? Ich hol dich ab und bring dich wieder zurück. Und Geld kriegst du auch. Ich will es nicht umsonst. Damit hab ich kein Problem.«

»Womit sonst?«

Koba wechselt seine Cowboyhaltung, er lächelt wieder gekünstelt, als wollte er zeigen, dass er nur mit besten Absichten gekommen ist und an unangenehmen, angespannten Gesprächen kein Interesse hat.

»Also, überleg es dir.« Er tritt aus der Tür des Wärterhäuschens.

Lela zieht tief an der Zigarette und bläst den Rauch aus, der langsam in der Luft zergeht wie draußen das Echo von Kobas Schritten.

Eine Woche ist um, doch Iraklis Mutter lässt sich nicht blicken.

Lela begleitet Irakli wieder zu den Nachbarn. Sie gehen in den Hof, wo Goderdsi vor dem Treppenhaus unter einem Auto liegt und etwas repariert. Sein T-Shirt ist hochgerutscht, und man sieht seinen zottigen Bauch, auf dem die Haare in verschiedene Richtungen wachsen. Auf den ersten Blick ähnelt er einem sich auf der Erde wälzenden Tier. Ein paar junge Männer, auch Koba, sehen ihm zu. Koba achtet nicht auf Lela, er tut so, als würde er sie nicht kennen.

Die Tür öffnet wie immer Msia, auch diesmal mit einem wohlwollenden Lächeln. In der Wohnung stehen die Fenster offen, eine Frühlingsbrise strömt herein und bläht die Türvorhänge.

Irakli lässt es lange läuten, aber niemand hebt ab. Dann ruft er bei den Nachbarn an, und die Stimme eines Mannes ertönt.

»Hallo, können Sie Inga ans Telefon holen?«

Der Mann verschwindet augenblicklich, und lange Zeit ist nichts zu hören. Endlich kommt eine Frau ans Telefon, es ist nicht die Stimme von Iraklis Mutter.

»Wer ist da?«

»Ich bin's, Irakli, Ingas Sohn …«

»Ah, Irakli, wie geht's? Ich bin Iwlita … Du erinnerst dich doch an mich?«

»Ja.«

»Deine Mutter ist nicht da, Irakli, sie ist nach Griechenland gegangen. Sie hat mir gesagt, sie würde zurückkommen und dich dann zu sich holen, hörst du?«

Die Frau schreit in den Hörer, als wäre Irakli auf einem anderen Kontinent. Irakli hat aber alles verstanden. Er schweigt einen Moment.

»Wann kommt sie zurück?«

»Das weiß sie noch nicht, zuerst muss sie eine Arbeit finden und dann, hat sie gesagt. Wie geht es dir?«

»Gut.«

Irakli sitzt wie immer da – nach vorne gebeugt, in einer Hand den Hörer, die andere Hand aufs Knie gestützt. Lela betrachtet Iraklis gesenkte Augen und stellt wieder fest, wie lang und geschwungen seine Wimpern sind.

»Soll ich Inga was sagen, wenn sie anruft? Soll ich ihr was ausrichten?«, sagt die Frauenstimme im Hörer.

Irakli überlegt einen Moment.

»Frag sie, wann sie zurückkommt.«

»Gut, ich frag sie.«

»Tschüss!«

»Mach's gut Irakli, sei nicht traurig ... Pass auf dich auf.«

Beim Hinausgehen taucht wieder Msia auf, fröhlich und lächelnd wie vorhin, und steckt den Gästen je zwei Berberitzen-Bonbons in die Tasche.

Sie laufen lange, ohne ein Wort zu sagen. Dann bricht Irakli das Schweigen:

»Ob sie wirklich gegangen ist?«

Lela überlegt eine Weile. Dann wickelt sie ein Bonbon aus.

»Wahrscheinlich schon«, sagt sie und kratzt mit den Zähnen das klebrige Bonbon vom Papier ab.

»Hier, schmeckt gut.« Sie reicht Irakli das zweite Bonbon.

»Ich hab doch selbst«, sagt Irakli.

Sie laufen weiter. Irakli wirkt blass und starrt beim Gehen auf den Boden. Die Sonne geht unter, und im Gegenlicht ähneln seine spitzen Ohren roten geäderten Blättern.

3

Es stimmt schon: Die Kertsch-Straße hat keine Helden. Aber bedenkt man, dass die Helden der Stadt Kertsch erst nach 31 Jahren gewürdigt wurden, könnte sich eines Tages vielleicht doch noch herausstellen, dass auch in den stinkenden Wänden des Internats in der Kertsch-Straße echte Helden gelebt haben. In erster Linie kämen die ehemaligen Bewohner Kirill und Ira infrage. Es ist schon einige Jahre her, dass sie das Internat verlassen haben, und je mehr Zeit vergeht, desto unwahrscheinlicher erscheint es, dass so kluge und erfolgreiche Menschen wie sie jemals Kinder der Kertsch-Straße gewesen sind.

Erst verließ Kirill das Internat, fünf Jahre später Ira.

Lela und die Kinder haben von den Lehrern viel über die beiden Schüler gehört. Vor allem Dali wurde nicht müde, immer wieder begeistert und voller Liebe von ihnen zu erzählen.

Anfangs hatte Kirill noch den Kontakt mit dem Internat gehalten. Lela gehörte damals zu den Kleinen, sie erinnert sich noch, wie er ins Internat kam, ein schlaksiger, etwas krummer junger Russe, der bedachtsam sprach und sich nie aus der Ruhe bringen ließ. Kirill trug immer Glockenhosen und glich von weitem einem der Bremer Stadtmusikanten aus dem sowjetischen Zeichentrickfilm. Mit hängenden Schultern und schlenkernden Armen lief er die Straße entlang, in der einen Hand eine Tüte, ein müder Mann, der von der Arbeit nach Hause kommt. Alle Kinder rannten ihm entgegen, die neuen, die alten – alle, ob sie ihn kannten oder nicht. Kirill begrüßte die Kinder, nahm Süßigkeiten aus der Tüte und verteilte sie, was Dali zu Tränen rührte. Kirill wurde zum Helden, weil er die Schule mit einer Goldmedaille abschloss. Er wohnte zwar im Internat, aber da ihm das Lernen leicht fiel, besuchte er eine Mittelschule für normale Kinder. Er absolvierte die Schule mit Auszeichnung, bekam die Medaille verliehen und wurde an der Hochschule aufgenommen. Nach dem Examen fand er eine Stelle als Hilfskraft an der Fakultät. Wenn er ins Internat zu Besuch kam, blieb er nie länger als eine Stunde. Dali war stolz, dass aus Kirill ein so tüchtiger und anständiger Mensch geworden war. Er hatte ein bekümmertes Lächeln und sah erschöpft aus, viel Arbeit lastete auf seinen Schultern, er führte ein eigenes Leben – offenbar alles andere als sorgenfrei.

Wie viele Ehemalige verschwand auch Kirill irgendwann spurlos. Manche sagten, er sei nach Russland gegangen, andere behaupteten, jemand habe ihn umgebracht. Genaues wusste niemand. Nach und nach gerieten die Legenden um Kirill in Vergessenheit, und auch Dali erwähnte ihn nur noch selten.

Ira, die zweite Heldin, hatte einen georgischen Vater und eine russische Mutter. Der Vater hatte die Mutter verlassen, die Mutter wiederum die Kinder, und Ira kümmerte sich um ihre vielen Geschwister. Sie wusste immer, wer von ihnen gerade in welchem Internat oder Kinderheim abgegeben worden war. Ira war ein zierliches blondes Mädchen, und wäre sie im Hof nebenan aufgetaucht, kein Mensch wäre auf die Idee gekommen, dass sie etwas mit der Debilenschule zu tun haben könnte. Einer der Gründe, warum Ira zur Heldin wurde, war, ähnlich wie bei Kirill, dass auch sie die Schule mit Auszeichnung abschloss und die Aufnahmeprüfung für das Jurastudium schaffte. Doch dann geschah etwas, das sogar Kirills Wunder weit übertraf. Es hieß, Ira habe ihre Mutter vor Gericht gebracht, den Prozess gewonnen und ihr das Sorgerecht entziehen lassen. Das jüngste Geschwisterchen, das ihre Mutter aus irgendeinem Grund nicht weggegeben hatte, nahm Ira zu sich und zog es selbst auf. Diese Geschichte liebte Dali besonders, und auch hier ließ sie beim Erzählen ihren Tränen freien Lauf.

Eines Tages heiratete sie, kam aber noch ab und zu vorbei. Lela kann sich gut an Ira erinnern. Oft trug sie einen knappen, schwarzen Lederrock und ein schwarzes Top. Nach der Heirat ließ sie sich die Haare abschneiden, und wenn sie zu Besuch kam und beim Fußballspielen einem der Kinder geschickt den Ball entwendete, stürmte sie in ihrem kurzen Rock Richtung Tor und schüttete sich aus vor Lachen. Von Not oder Kummer keine Spur.

Mehr Helden gab es im Internat nicht. Die Kinder liebten diese Geschichten und fragten sich oft, wie es möglich war, dass diese beiden die Schule abgeschlossen und das Studium geschafft hatten, wo sie doch auch nicht anders waren als die gewöhnlichen Debilen. Sie wussten, dass sogar den besten Kindern das Lernen schwerfiel. Die Lehrer meinten, dass hier nicht alle geistig so zurückgeblieben waren wie zum Beispiel Kolja und Stella, es gab auch Kinder, die nur deshalb in der Kertsch-Straße abgeliefert wurden, weil in den anderen Heimen kein Platz war oder wegen der besseren Bedingungen – dem großen Hof, dem Sportplatz, den guten Lehrern und so weiter und so fort.

Es gibt aber auch Kinder, die nie Heldenstatus erreichen werden und trotzdem aus der Geschichte des Internats nicht wegzudenken sind. Marcel zum Beispiel, den Lela nie vergessen wird. Marcel stammte aus Batumi und war schwarz. Seine Ankunft im Internat war für alle ein Schock und sorgte für helle Aufregung.

Wenn man Marcel zu nah kam, verwandelte er sich in ein unbändiges Tier, er suchte gern einen Grund anzugreifen. Ein winziger Anlass – und er ging den Leuten an die Gurgel. Marcel konnte fürchterlich brüllen und toben. Wer seinem Faustschlag auswich, den traf seine Spucke. Wenn Marcel merkte, dass sein Opfer ihm zu entschlüpfen drohte, zog er sein mageres Gesicht in die Länge, ließ den Unterkiefer kreisen, sammelte Speichel und spuckte dem Flüchtenden in den Nacken oder an den Hinterkopf. Er konnte sehr kräftig und sehr weit spucken, und das ängstigte die Kinder noch mehr als seine harte Faust. Niemand wusste, wie er nach Tbilissi gekommen war und was einen fünfzehnjährigen Schwarzen hierher verschlug. Wer hatte ihn ins Internat gebracht? Hatte er überhaupt jemanden auf der Welt? Marcel war wie eine Zirkusattraktion. Niemand aus der näheren und ferneren Umgebung hatte jemals einen Schwarzen gesehen, außer im Fernsehen, von überallher kamen Leute und stellten sich an den Zaun, um einen Blick auf Marcel zu erhaschen.

»He, Neger, komm mal her!«

Marcel griff nach einer Handvoll Kieselsteine und vertrieb die glotzende Schar. Manchmal warf er sich wie ein verwundetes Tier an den Zaun, rüttelte an den Streben und brüllte.

Lela fürchtete sich vor Marcel. Einerseits mied sie ihn, andererseits beobachtete sie fasziniert, was er sich alles herausnahm. Er konnte aberwitzig schnell rennen, spielte fantastisch Fußball, hörte nicht auf die Lehrer und machte, was er wollte. Vor nichts und niemandem hatte er Angst, ganz im Gegenteil, er verunsicherte alle und flößte ihnen Furcht ein. Doch die wenigen Male, die er mit Lela redete, war er wie verwandelt. Er sprach ruhig, sein gutes Georgisch hatte einen leichten russischen Akzent.

Das erste Mal kam er in den Speisesaal zu ihr und fragte, ob hier jemand Fliegen ins Essen streue. Anscheinend kannte er das von irgendwoher. Sie schüttelte den Kopf. Das zweite Mal sprach er sie an, um nach den Bussen zu fragen. Dann noch einmal nachts, im Hof.

Lela konnte nicht schlafen und war rausgegangen. Sie streichelte den Hund, zündete sich eine Zigarette an, rauchte. Plötzlich pfiff jemand. Sie hob den Kopf und bemerkte Marcel, er saß auf dem Brett zwischen den Tannen, seine Augen schimmerten weiß in der Dunkelheit.

»Hast du 'ne Kippe für mich?«

Lela klemmte ihre brennende Zigarette im Mundwinkel fest, fuhr mit der Hand in ihre Brusttasche und holte zwei Glimmstengel heraus. Marcel zündete seine Zigarette mit einem großen Feuerzeug an, das er immer dabeihatte und mit dem er ständig herumspielte.

»Setz dich.«

Lela setzte sich. Marcel rauchte schweigend. Auch Lela rauchte und gab keinen Laut von sich. Er nahm so tiefe Züge, dass seine Zigarette schnell heruntergebrannt war. Lela zog ihre letzte heraus und reichte sie ihm. Marcel nahm sie wortlos, stand auf und ging. Bei den Tannen drehte er sich um:

»Gibt es hier ein Meer?«

Lela schüttelte den Kopf, doch als ihr klar wurde, dass Marcel sie im Dunkeln nicht mehr sehen konnte, rief sie laut:

»Nein. Wieso?«

Marcel kehrte Lela den Rücken zu und ging. Das war das dritte und letzte Mal, dass sie mit ihm gesprochen hatte.

Ein paar Tage später wurde Marcel aus dem Internat entfernt. Niemand wusste, wo sie ihn hingebracht hatten, in welche Einrichtung, ob zu seinen Eltern oder zu Verwandten oder vielleicht auch zurück ins Kinderheim nach Batumi.

Lela erinnert sich auch noch gut an Felix, einen dünnen, in sich gekehrten Jungen, der keinen besonderen Wert auf Freundschaft und Nähe legte und immer allein herumging. Felix war weder ein begeisterter Fußballspieler, noch interessierte ihn das Kräftemessen mit anderen. Eines Tages fand er eine kleine Fahrradfelge. Vielleicht hatte er es irgendwo gesehen oder es war seine eigene Erfindung, jedenfalls machte er sich einen langen Eisenhaken mit Griff, hängte die Felge ein und trieb das rollende Rad vor sich her – ein Spiel, dessen er nie überdrüssig wurde. Einige Kinder machten es ihm nach – sie brachten vom Schrottplatz ein paar alte Felgen, hängten sie an einen Haken und gingen Felix hinterher, den Blick auf den Boden gerichtet wie seltsame Radler. Den meisten wurde bald langweilig, Felix aber machte weiter. Er ging mit hochgezogenen Schultern und mit hängendem Kopf herum und probierte das Rad überall aus: auf dem Sportplatz, auf dem kleinen Hügel, an Bordsteinkanten und Schlaglöchern. Man hätte meinen können, er halte einen Metalldetektor in der Hand und sei kurz davor, einen Schatz zu entdecken. Das Rad lief eigenwillig und ähnelte einem trotzigen Lebewesen. Auf dem Asphalt rollte es gleichmäßig dahin, auf der holprigen Straße und auf dem staubigen Sportplatz brach es sich fast das Genick. Die ganze Kunst von Felix bestand darin, der Natur dieses Geschöpfs auf die Schliche zu kommen und es gefahrlos und sicher über alle Wege zu führen. Wenn ihm das Rad umfiel, setzte er sich hin und nahm Haken und Felge einzeln unter die Lupe, um sie zu reparieren. Mehrmals wurde ihm angeboten, seine Felge gegen eine neuere und größere auszutauschen, aber er weigerte sich. Dieses Rad hatte er zu seinem treuen, kleinen Hund gemacht, mit dem er sich die langen und tristen Tage im Internat vertrieb. Um nichts in der Welt hätte er es wieder hergegeben.

Eines Tages wurde ihm das Rad gestohlen. Felix wusste, dass sein flinker Hund ihn nie wiederfinden würde, er konnte ja weder bellen noch die Fährte seines Herrn erschnüffeln. Felix wusste auch, dass der Dieb gar nicht an dem Rad interessiert war, er wollte Felix nur von diesem seltsamen Geschöpf trennen, und wahrscheinlich lag es längst irgendwo auf einem Müllhaufen.

Felix suchte nicht nach seinem Rad. Er lief wieder allein herum, mit hochgezogenen Schultern und hängendem Kopf, aufmerksam sah er zu Boden, als könnte er doch noch etwas finden, das ihn schneller auf die besseren Wege seines Lebens leiten würde.

Als Felix größer wurde, begann er in den Gärten der Nachbarn zu arbeiten. Er gewann ihr Vertrauen, sie überließen ihm die Schlüssel zu den Pforten und Schuppen und schenkten ihm auch ein bisschen Geld.

Dann ließ er plötzlich alles stehen und liegen. Er ging einfach und kehrte nie wieder zurück. Es gab Gerüchte, er würde auf dem Lilo-Markt als Gepäckträger arbeiten, für die Händler schuften und sich abrackern und sein täglich Brot mit ehrlicher, aufrichtiger Arbeit verdienen, wie Dali zu sagen pflegte.

Es gibt noch andere unvergessliche Internatsbewohner. Einer davon ist natürlich Sergo, der jetzt auf dem Awtschala-Friedhof ruht.

Aber auch Axana, ein blondes Mädchen, mit hellblauen, fast durchsichtigen Augen und einem abwesenden Lächeln auf den feuchten, roten Lippen. Axana lispelte, und wenn sie sprach, wurde ihr Mund wässrig, und es sammelte sich Schaum in den Mundwinkeln. Anders als die anderen Mädchen war sie nicht wie ein Junge gekleidet. Sie mochte keine Hosen und lief in bunten Trägerkleidern und Röcken herum. Axana galt als hübsch, doch alle wussten, dass sie niemals eine Heldin werden würde, eben wegen dieses abwesenden Lächelns auf ihrem schmalen, zarten Gesicht. Die jungen Männer aus der Umgebung hatten ein Auge auf sie geworfen und kutschierten sie mit dem Auto herum. Zurück kam sie mit Süßigkeiten und Krimskrams und ihrem seltsamen Lächeln. »Ganz Gldani hat das Vögeln von Axana gelernt«, war in der Gegend öfters zu hören. »Ich schieb ihr mein Ding in jedes Loch«, »Axana nimmt, was kommt, Schwanz oder Lollipop« und so weiter. Axana wurde nie wütend. Nie hatte jemand sie bekümmert oder traurig gesehen.

Einmal hatte Marika Lela ihr Fahrrad geborgt und ihr erlaubt, die Straße rauf und runter zu fahren. Lela fuhr bis ganz ans Ende, wo der verlassene Tannenhof des Instituts für Leichtindustrie beginnt, und sie wollte gerade wieder umdrehen, da kam ihr die weinende Axana entgegen. Bei jedem Versuch, auf Lelas Fragen, ob ihr jemand was getan habe, zu antworten, musste sie noch bitterlicher weinen. Lela setzte das Mädchen hinten auf den Fahrradsitz. Es war nicht leicht, mit der Last bergauf zu radeln. Aber sie schaffte es und brachte das Mädchen zum Internat, Axana stieg ab, wieder mit ihrem ruhigen Lächeln, und mischte sich unter die Kinder.

Eines Tages war auch sie plötzlich fort. Im Internat gab es keine Abschiedsrituale, und die Kinder wurden auch nie benachrichtigt, wenn jemand das Internat verlassen musste. Sie merkten es erst, wenn ihnen jemand fehlte. So auch bei Axana. Sie war einfach verschwunden. Als hätte es sie nie gegeben. Verschwunden waren Axanas Kleider, ihre blonden Haare, ihr Lächeln und ihre Ausflüge in den Autos der verschiedenen jungen Männer aus der Gegend.

Dann gab es noch Ilona, ein Zigeunerkind, das sich von niemandem einschüchtern ließ. Einer Journalistin, die zu Besuch gekommen war, erzählte sie, Wano hätte mit ihr herumgefickt. Zizo schenkte Ilonas Äußerung keine Beachtung, die Journalistin aber kam eine Zeit lang öfter ins Internat, versuchte etwas herauszufinden, nahm die Kinder sogar mit der Kamera auf, wogegen Zizo nichts einzuwenden hatte. Einmal sprach Zizo mit der Journalistin über Axana, die das Schicksal einiger anderer Mädchen im Internat teilte: »Wir können ihr nicht verbieten rauszugehen, und wenn sie erst draußen ist, wissen wir nicht mehr, was sie tut. Und wenn sie da draußen auch noch Geschenke kriegt – vergiss es ... Sie wollen es doch selber ... Sie sind keine Kinder mehr, sie sind neugierig ...« Die Journalistin, jung, bereits ergraut, hörte Zizo aufmerksam zu. Sie fragte die Kinder aus, über tausenderlei Sachen, sie schrieb mit, machte sich Notizen, und eines Tages, warum auch immer, ließ sie sich nicht mehr blicken, sie blieb einfach weg, mit all den Geschichten, die sie bei Zizo und Ilona und den anderen gesammelt hatte.

Später hieß es, dass Ilona am Bahnhof bettelte und sich prostituierte. Manche behaupteten, sie wohne wieder bei ihren Eltern und Verwandten, irgendwo in Lotkini. Dann hieß es, ihre Eltern hätten sich gestritten, die Mutter hätte sich vor ihrem Mann im Schrank versteckt, mit Ilonas kleinem Bruder auf dem Arm, der Vater hätte die Pistole genommen und das ganze Magazin auf den Schrank gefeuert. Ilonas kleiner Bruder sei gestorben. Danach hörte man auch von Ilona nichts mehr. Jemand erzählte, dass sie mit ihrem Vater nach Russland gegangen sei.

Außerdem gab es noch Dato, einen kräftigen, gutmütigen Jungen mit dunklem Teint, der aus unklaren Gründen unter Zizos besonderem Schutz stand. Es machte ihm sehr viel aus, dass er als debil bezeichnet wurde. Die Kinder wussten das und hänselten ihn damit. Das soll ein Debiler sein, fragte sich Dato, wenn er sich im Spiegel betrachtete, ich sehe doch gar nicht so aus. Einmal hatte er auch Zizo gefragt, und sie bestätigte, dass er in Wirklichkeit gar keiner war. Seine Eltern hätten einen Unfall gehabt, deshalb sei er hier gelandet. Damals trösteten ihn Zizos Worte, und er verbreitete seine Geschichte unter den Internatskindern. Seine Schulzeit war noch nicht zu Ende, als ihn jemand als Arbeiter aufs Dorf holte. Seitdem ist er nicht mehr aufgetaucht.

Wenn Lela sich an die kurzhaarige Marina erinnert,

sieht sie meistens das Fußballmatch vor sich: Da kommt Marina angerannt, sie spielt den Ball leichtfüßig, zieht am Gegner vorbei, weicht einem weiteren Spieler aus und schießt den Ball mühelos ins Tor. Das Fußballtor im Internat hat kein Netz, darum war es oft eine Streitfrage, ob der Ball ins Tor gegangen war oder nicht. Marina war nicht vom Ball zu trennen. Sie ging ein wenig gebeugt, weil ihre Brüste so schwer waren. Alles auf der Welt konnte sie ertragen, nur keine Ungerechtigkeit beim Fußballspiel: Sie wurde laut, der Schweiß lief ihr übers Gesicht, vor Aufregung bekam sie eine trockene Kehle und fluchte.

Marcel und Marina haben einander verpasst. Als er kam, war sie schon weg. Wer weiß, wie aufregend das Fußballspielen mit ihnen gewesen wäre.

Ein Mädchen, an das Lela oft denken muss, ist Jana. Jana hatte ihren Stolz und war von sich überzeugt. Sie ließ nichts an sich heran und mischte sich auch nicht in die Angelegenheiten anderer Internatskinder ein. Von ihrer Familie erzählte sie die abenteuerlichsten Dinge, vor allem vom Onkel, dem letzten noch lebenden Verwandten, der sie nach Beendigung der Schule zu sich holen würde. Jana behauptete, ihre Eltern hätten ihr eine Wohnung in der Mardschanischwili-Straße hinterlassen, eine Einzimmerwohnung, die noch versiegelt sei, aber ihr gehöre. Mit achtzehn werde sie dort einziehen. Jana war immer sauber gekleidet und kam aus jeder Sache auch sauber heraus. So eine war sie – geschickt und beherrscht. Sie schimpfte und fluchte nicht, nie hat jemand sie streiten sehen, sie war keine Heulsuse, keine beleidigte Leberwust, aber wirklich froh und heiter war sie auch nicht. Wenn irgendwo etwas kaputt ging oder gestohlen wurde, wäre nie jemand darauf gekommen, Jana zu verdächtigen. Sie trug bis oben zugeknöpfte karierte Hemden, und auch ihre kurzen, glatten, aschblonden Haare waren immer gekämmt und ordentlich. Jana hatte ein nachdenkliches, konzentriertes Gesicht, ihr Mund stand ein bisschen vor, und wenn sie über ernste Themen sprach, wie mit der Journalistin, kniff sie die Lippen zusammen und redete mit fast geschlossenem Mund.

Einmal hatte Jana Lela gebeten, sie zum Nachbarblock zu begleiten. Es war ein eiskalter Neujahrsmorgen, draußen war niemand unterwegs, alle ruhten sich noch von den nächtlichen Feiern und Tischgelagen aus, und auch die Kinder blieben in den Zimmern. Ein paar hungrige Hunde liefen auf den weiß gefrorenen Gehwegen vorbei. Im Hof des Nachbarhauses steuerte Jana auf die Mülltonne zu, krempelte die Ärmel hoch und begann in den Abfällen zu wühlen. Sie forderte Lela auf, ihr zu helfen, dann wären sie schneller fertig. Da ging im vierten Stock ein Fenster auf, eine Frau beugte sich heraus und winkte. Als Jana und Lela hingingen, war die Frau verschwunden, aber zwei kleine Mädchen lehnten sich heraus und riefen, sie sollten warten, ihre Mutter komme gleich wieder, und da kam die Frau auch schon zurück, stellte einen Korb aufs Fensterbrett und knotete ein Seil an den Henkel. Dann ließ sie den Korb vorsichtig herunter. Lela und Jana standen nebeneinander und trauten ihren Augen nicht, denn je näher der Korb kam, umso deutlicher konnten sie erkennen, dass er randvoll war.

»Für euch, greift zu!«, rief eines der Mädchen.

Obenauf lagen Süßigkeiten, Tschurtschchela, Trockenfrüchte, Bonbons und Mandarinen.

»Mach das Seil los«, rief die andere.

Jana löste das Seil, nahm den Korb, und ohne noch einmal hinaufzuschauen, liefen sie hinüber zum Internat.

Sie stürmten ins Fernsehzimmer, wo die Kinder sich versammelt hatten. Alle starrten sie mit großen Augen an. Der Korb war im Nu leer, nur die Mandarinenschalen blieben übrig. Alles rauschte so schnell vorbei, dass es eher ein Gefühl des Mangels als des Glücks hinterließ. Noch heute erinnert sich Lela, wie das Stück Kuchen schmeckte, das sie aus dem Korb ergattern konnte. So etwas Köstliches hatte sie noch nie gegessen, und auch in den Jahren, die dann kamen, als die Kioske mit Snickers und Mars aus der Türkei überschwemmt wurden und Lela manchmal einen Riegel kaufen konnte – nie wieder reichte etwas an den Geschmack dieses unvergleichlichen Kuchens heran.

Es war keine Stunde vergangen, da kam Jana wieder und bat Lela, sie nochmals zu begleiten, sie müsse der Frau den Korb zurückbringen.

Jana stellte eine Gruppe aus fünf Kindern zusammen, nahm den leeren Korb und führte den kleinen Trupp zum Nachbarblock. Eines von den Mädchen öffnete die Tür, und als es die vielen Kinder sah, machte es große Augen.

»Hol deine Mutter«, sagte Jana amtlich.

Das zweite, etwas ältere Mädchen kam dazu und grüßte die Kinder schüchtern:

»Frohes Neues Jahr!«

Als die Besucher das hörten, löste sich ihre Befangenheit, sie fingen alle gleichzeitig an zu reden und Glückwünsche zu sagen.

Zum ersten Mal in ihrem Leben wurde ihnen zu Ehren ein gastlicher Tisch gedeckt. Die Frau brachte Gläser, Teller, Servietten und Besteck, und ihre kleinen Töchter halfen mit.

Dann wurde reichlich aufgetragen: Saziwi-Walnuss-Soße mit eingelegtem Brathühnchen, Chatschapuri, Vinaigrette-Salat, Tolma-Rouladen, Limonade und Quittenkompott und zum Nachtisch Süßigkeiten: Kuchen, Tschurtschchela, Tklapi-Fruchtfladen, Gosinaki-Honigwalnusstafeln, Konfekt und Bonbons und noch ein Kuchen im Topf, der aus irgendeinem Grund »Chinatorte« hieß. Bevor die Frau die Kinder aufforderte zuzugreifen, ließ sie alle aufstehen und brachte sie ins Bad zum Händewaschen.

Der Tisch war in der Loggia gedeckt, wo der Fernseher lief – die Übertragung eines Neujahrskonzerts. Georgische Bühnenstars sangen von der Liebe, der Treue, der Heimat und der ruhmreichen Vergangenheit. Die schwachen Sonnenstrahlen schienen in die beiden Fenster der Loggia. Draußen herrschte Frost, der Wind wiegte die nackten Pappelzweige. Zwischen den Fenstern hing ein Wandkalender, auf dem ein dichter, verschneiter Wald abgebildet war. Die Frau stellte den Kindern hin und wieder Fragen: Wie sie das Neue Jahr gefeiert hätten, ob sie schon einen Glücksbringer im Internat gehabt hätten und so weiter. Es stellte sich heraus, dass der Glücksbringer der Gastgeberfamilie Jana war, denn sie hatte die Wohnung als Erste nach Silvester betreten, somit fiel ihr diese ehrenvolle Rolle zu, was sofort einen großen Lacher bei den Internatskindern auslöste. Jana saß mit zusammengekniffenem Mund da, sie hatte so viel gegessen, dass sie kaum noch atmen konnte.

Die Töchter strahlten über beide Ohren und fragten die Internatskinder, ob sie einen Tannenbaum hätten – ihrer stand in der Loggia, neben dem Fernseher. »Achtung, Achtung«, verkündete das kleinere Mädchen, sprang auf und drückte mit dem Finger auf einen Apparat unter dem Baum. Die grüne Plastiktanne begann sich langsam zu drehen. Die Kinder klatschten begeistert. Um den Baum herum hatten die Mädchen Wattebäusche verstreut. Auch auf die Tannenzweige hatte es weiße Baumwollflocken geschneit. Die Gäste sahen wie gebannt zu, betrachteten die Tannenbaumkugeln, die ihre verwunderten Gesichter spiegelten, sie verzerrten, ihre Nasen vergrößerten.

Was sie nur essen konnten, verputzten sie am Tisch, und was sie nicht schafften, packte die Frau ihnen ein und legte es wieder in den leeren Korb.

So war Jana: Sie ging los, um Müll zu sammeln, und kam mit einem großen Mitbringsel zurück – sogar zweimal!

Später wurde Jana krank. Keiner wusste genau, was ihr fehlte. Und eines Tages, als sie sich so schwach fühlte, dass sie weder essen noch richtig sprechen konnte, kam der Krankenwagen und nahm sie mit. Es hieß, Jana lebe jetzt bei ihrem Onkel und werde nie mehr ins Internat zurückkehren.

Auch Jana müsste mittlerweile achtzehn sein. Ob ihre Wohnung in der Mardschanischwili-Straße nach all den Jahren entsiegelt wurde? Ob sie tatsächlich eingezogen war? Ob sie überhaupt noch am Leben war? Ob sie ihre Hemden immer noch bis oben zuknöpft? Und immer noch mit zusammengekniffenem Mund redet wie früher?

Die Ehemaligen, an die sich Lela erinnert, hatten nach und nach das Internat verlassen. Auch die Zeiten änderten sich: Früher waren die Kinder widerspenstiger gewesen, es gab mehr Zoff, mehr Abhauen und Zurückholen. Jetzt scheint alles in ruhigeren Bahnen zu laufen, keine neuen Kinder mehr, und von den Alten ist nur noch Lela übrig.

Heute gilt Lela als die Stärkste in der Schule. Niemand kann sie drangsalieren, niemand kann ihr etwas antun. Als sie klein war und sich den älteren an den Rockzipfel hängte, hätte sie sich nicht träumen lassen, dass sie vor niemandem mehr Angst haben würde. Vielleicht ist deshalb alles so öde geworden. Als stünde alles still, und auch die Zeit schleppt sich nur noch dahin.

Mit dem Verschwinden bestimmter Kinder hörten auch die grausamen Spiele auf, von denen Lela sich immer fernhielt, seit sie einmal dabei gewesen war. Sie hatten schon früher stattgefunden, schon zu Kirills Zeit, auch zu Iras Zeit, und zu Marcels Zeit hatte Lela es mit eigenen Augen sehen müssen: Die älteren Kinder schnappten sich eines der Mädchen, die neu angekommen waren, schleppten es zum Birnenfeld und ließen es vor einem der erregten Jungen zu Boden fallen. Der Junge stürzte sich auf das Mädchen, die anderen, Jungs wie Mädchen, hielten es an Händen und Füßen fest, bis der Junge fertig war. Lelas Herz klopfte beim Geschrei der Mädchen, und wenn sie zu laut brüllten, hielten die Kinder ihnen den Mund zu. Wenn alles vorbei war, ließen die Kinder das Mädchen einfach liegen und verstreuten sich irgendwo im Gelände. Nach einer Weile schloss es sich den Kindern wieder an und setzte den Alltag und das Leben fort. Lela konnte den Anblick der gespreizten Beine, des zerkratzten Gesichts und des Bluts nie vergessen. Es waren fast immer Mädchen, die Röcke oder Kleider trugen und sich die Haare wachsen ließen.

Mit dem Fall der Sowjetunion setzten auch im Internat Veränderungen ein, angefangen bei den Wasserhähnen bis zum abgebrochenen Balkon. Das Inventar verschwand. Dafür tauchte humanitäre Hilfe und Secondhand-Kleidung auf, was es früher nie gegeben hatte. Doch die Sachspenden und gebrauchten Kleidungsstücke erreichten die Kinder nur selten. Entweder profitierte Zizo davon oder jemand anderer, der für die Verteilung der Almosen zuständig war.

Auch die Lehrer verließen nach und nach das Internat. Von den Alten sind nur Zizo, Dali, Wano, Awto und Gulnara geblieben. Die übrigen kommen, geben ein paar Stunden, stellen fest, dass es sich nicht lohnt, hier zu arbeiten, und gehen wieder. Neuankömmlinge hatten Seltenheitswert. Als wären alle Eltern plötzlich wieder gutherzig geworden und dächten nicht daran, ihre Kinder wegzugeben, oder es gab inzwischen bessere Internate, wo man die eigenen Kinder gern ablieferte, oder vielleicht kamen auch keine Debilen mehr zur Welt.

Deshalb ist die Verwunderung groß, als eines Tages eine gut gekleidete Frau vor dem Tor steht, an der Hand ein neun Jahre altes Mädchen, nett angezogen und gepflegt.

Lela öffnet, fragt, zu wem sie wollten, und bringt die Besucher zu Zizo. Lela streichelt dem scheuen, unnahbaren Mädchen über den Kopf. Zizo weiß Bescheid und ist auf die beiden vorbereitet. Der Mann der Frau war ein Verwandter des Mädchens, das nach dem frühen Tod seiner Eltern bei der Großmutter aufwuchs. Vor kurzem war auch die Großmutter gestorben, und die Verwandten hatten beschlossen, das Kind ins Internat zu bringen.

»Und? Wie findest du es hier?«, fragt die Frau das Mädchen mit einem gezwungenen Lächeln. Von einer Schar Kinder begleitet, führt Zizo die Besucher über das Internatsgelände.

»Schau, ein riesiger Sportplatz!«, ruft die Frau, als freute sie sich.

»Hier baden wir, dort wird die Wäsche gewaschen«, sagt Zizo. »Das alles gehört zu uns, die Kinder sind immer draußen, an der frischen Luft ... Dort hinten ist der Speisesaal.«

»Hier wirst du dich bestimmt nicht langweilen«, sagt die Frau. »Schau, was für liebe Kinder.«

Die Frau dreht sich um, und als sähe sie die Kinder zum ersten Mal, verzieht sie überrascht das Gesicht.

»Meine Güte, sind die reizend!«

Dann beugt sie sich zu Stella, die in der vordersten Reihe steht: »Wie heißt du?«

»Stella!«

»Ach wie süß ...« Die Frau streicht Stella über die Wange. Stella wird verlegen, läuft rot an und lächelt glücklich.

Lela wundert sich, dass die Frau das schöne und gepflegte Mädchen, das anscheinend Nona heißt, im Internat zurücklässt.

»An den Wochenenden sind wir wieder zusammen, entweder kommen wir, oder du kommst zu uns ...« Die Frau drückt Nona an sich. Auch das Kind schlingt zaghaft die Arme um sie, man merkt, dass sie ihre Verwandte noch nicht lange kennt.

Irakli läuft in den ersten Tagen lustlos herum, er spürt, dass Nona seine Rivalin werden könnte – Lela schenkt ihr ihre Aufmerksamkeit und beschützt sie. Im Schlafzimmer der Mädchen lässt Lela die kleine Jesidin Dschilda ihr Bett für Nona räumen und teilt ihr den besten Platz am Fenster zu. Nona hat einen kleinen Koffer dabei, der das Interesse der anderen weckt. Sie lässt die Kinder hineinsehen. Niemand traut sich, ihr etwas wegzunehmen, weil Lela da ist und Nona nicht aus den Augen lässt. Am allermeisten aber ist Stella von der neuen Bewohnerin begeistert. Nona schenkt ihr einen Rock aus ihrem Koffer. Von nun an läuft Stella nicht mehr nur in Strumpfhose herum, sondern trägt einen rosafarbenen, kurzen Baumwollrock mit Rüschen.

Ein windiger, sonniger Tag. Irakli, Kolja und die anderen spielen Fußball, Dali ist unterwegs, und Wano hat die Aufsicht übernommen. Wenn er Aufsicht führt, bleibt es meistens ruhig, er werkelt vor sich hin und überlässt die Kinder sich selbst.

Ein paar Nachbarskinder sind herübergekommen, und das Spiel bekommt gleich mehr Schwung und Feuer. Kolja, der meist stumm bleibt, ist wie verwandelt, auf einmal plappert er los in seiner unverständlichen Sprache, er schreit und fuchtelt mit den Händen. Und wenn das Internat gegen die Normalen ein Tor schießt, lässt er sich fallen und brüllt vor Glück.

Diesmal endet das Match mit dem Sieg der Normalen. Die Kinder gehen auseinander. Lela, die das Spiel beobachtet und gewissermaßen auch die Rolle des Schiedsrichters übernommen hat, fällt auf, dass Nona nicht mehr da ist.

»He ... Irakli ...«, Lela packt den schweißüberströmten Jungen am Arm, »hast du Nona gesehen?«

»Nein ...« Irakli läuft zum Springbrunnen.

»Wano hat sie gerufen ...«, sagt einer der Spieler und rennt ebenfalls irgendwohin.

Als Lela beschließt, zum Hauptgebäude zu gehen und

dort das Mädchen zu suchen, tritt Wano schon aus der Tür, gefolgt von Nona, die etwas an ihre Brust presst – ein Buch.

»Das kannst du behalten, das Buch gehört dir. Und jetzt geh spielen.« Nona bleibt stehen. Sie wirkt unschlüssig, wohin sie gehen soll.

Der Geschichtslehrer geht die Treppe hinunter und läuft über den Hof, Richtung Springbrunnen, und Lela spürt ein Brennen in der Kehle, doch sie kann sich nicht vom Fleck rühren. Auch Nona steht noch immer oben an der Treppe, das Buch an sich gedrückt. Sie trägt das Kleid, das sie am Tag ihrer Ankunft trug. Ihr kastanienbrauner Zopf, den sie immer seitlich trägt, ist aufgelöst und zerrupft.

»He ... da ist sie ja ...« Waska zeigt auf Nona und geht weiter, Richtung Springbrunnen, wo Wano stehen geblieben ist und in langen, gierigen Schlucken Wasser trinkt.

Nona steigt vorsichtig die Treppe hinunter. Lela beobachtet sie, versucht etwas zu erraten. Als sie sich umdreht, sieht sie, dass Wano mit dem Wassertrinken fertig ist und den Hof verlässt.

»Na? Kleiner Fick?«, ruft Waska Nona lachend zu. Rot im Gesicht und verschwitzt setzt er sich auf den Gehsteig. Mit dem Zipfel seines T-Shirts wischt er sich über das nasse Gesicht.

Lela weiß selbst nicht, wie ihr geschieht. Sie stürzt sich auf Waska und versetzt ihm mit voller Wucht einen Fußtritt ins Gesicht. Waska fällt auf den Rücken. Lela tritt auf ihn ein. Er schafft es nicht, sich zu wehren. Die Kinder kommen aus allen Richtungen gerannt. Von irgendwoher ruft jemand voller Panik:

»Waska wird verprügelt ... Waska wird verprügelt ...«

»Du Wichser, was hast du gesagt?!« Lela brüllt ihm ins Gesicht, schüttelt ihn. »Was hast du gesagt? Sag das noch mal!«

Waska blutet aus der Nase.

»Nichts ... Was willst du ...«

»Sag das noch mal, was du gesagt hast, du Wichser!«

Waska versucht sich zu befreien.

»Was hat er denn gesagt ...« Die Stimmen kommen von überall, einige Kinder packen Lela, versuchen sie festzuhalten. Lela spürt, dass jemand ihren Arm umklammert, Irakli, ein Kopf kleiner als sie selbst, sieht zu ihr herauf:

»Hör jetzt auf!«

Sie blickt ihn erstaunt an, obwohl sie gar nicht weiß, worüber sie staunen sollte. Waska geht zum Springbrunnen, begleitet von einem Trupp Kinder, und wäscht sich das blutige Gesicht. Lela und Irakli bleiben allein zurück.

Eine Woche später kommt eine Verwandte von Nona ins Internat, eine kleine Frau vom Dorf, die trotz ihres jugendlichen Alters erschöpft und von Armut gezeichnet wirkt, ihr Gesicht ist faltig und sonnengegerbt. Nona kennt sie nicht, ist aber bereit, mit ihr zu gehen. Die Frau legt Zizo irgendwelche Dokumente vor, unterschreibt ein paar Papiere und nimmt Nona mit, wie sie ist, in ihrem schmutzigen Kleid und mit dem kleinen Koffer.

Lela öffnet ihnen das Tor. Stella aber sitzt auf dem Brett zwischen den Tannen und weint bitterlich.

4

In der Nacht träumt Lela, statt Irakli begleite sie Sergo in den Nachbarblock zum Telefonieren. Sergo trägt Zizos rosafarbenes Kleid unter dem Arm. »Wo willst du denn anrufen, du hast doch weder Mutter noch sonst irgendwelche Verwandten«, fragt Lela, als sie die Treppe hochgehen. Sergo weiß nicht, was er sagen soll. Er bleibt vor der Tür stehen und klingelt.

Fröhlich, mit energischem Ton bittet Msia die Kinder herein. Sie wundert sich nicht, dass Lela mit Sergo gekommen ist statt wie sonst mit Irakli, und verschwindet gleich in die Küche. Sergo nimmt den Telefonhörer ab und wählt, aber keine sechsstellige Nummer, wie für Tbilissi üblich, sondern sieben, acht und mehr Ziffern, er dreht geduldig die Wählscheibe, ein Ende ist nicht in Sicht. Auch als Lela ihn fragt, wo er denn anruft, schweigt er und wählt stur weiter. Im Flur auf dem Fußboden liegt Msias Tochter wie ein Stück Stoff in der Ecke. Sie stöhnt, als wäre sie krank, und sieht missmutig zu den Gästen herüber. Keiner kümmert sich um sie. Ihr haariges Muttermal auf dem blassen Gesicht ist noch größer geworden und bedeckt es fast bis zur Hälfte. Plötzlich taucht Bezirksinspektor Pirus auf, tief in Gedanken tritt er aus einem Zimmer in den Flur. Msia folgt ihm. Pirus scheint die Kinder nicht zu bemerken, auch Msias Tochter schenkt er keine Beachtung, bedrückt steuert er auf den Ausgang zu. Msia öffnet ihm die Tür, er bleibt einen Moment auf der Schwelle stehen, als wollte er noch etwas Wichtiges loswerden, dann aber hebt er nur die Schultern und murmelt:

»Na, so was … bei uns? Die ticken doch nicht richtig … allesamt krank!«

Als Msia die Tür schließt, bemerkt Lela, dass sie eine klaffende Wunde am Hinterkopf hat, als hätte ihr jemand eine Axt in den Schädel geschlagen – Blut quillt hervor. Lela schreckt auf, doch reißt sie dieser furchtbare Anblick nicht aus dem Schlaf, sondern schleudert sie auf die Straße. Sergo ist immer noch bei ihr, sie hetzen mit Riesenschritten irgendwohin, auch Irakli kommt jetzt dazu. Beim Eingang des Internats steht ein Bus, Menschen haben sich versammelt, Internatskinder, Nachbarn – sie warten auf etwas. Es sieht wie ein Trauerzug aus. Wano und Zizo kommen aus dem Hof, sie hängt an seinem Arm, irgendwie eingesunken schleppt sie ihre dicken, schlaffen Beine mühsam hinter sich her, er macht kleine Schritte, damit sie mithalten kann. Ihr Stöhnen weht zu der Versammlung herüber, die verstummt ist, kein Zweifel, das ist ihr, Zizos, Trauerzug, sie muss gleich selbst in den Bus steigen und die Fahrt zum Awtschala-Friedhof antreten. Zizo trägt das rosafarbene Kleid, das Sergo bei sich hatte, mit dem Blutfleck auf dem Rockschoß. Auch Saira ist gekommen, sie wirkt aufgekratzt, der Turnlehrer Awto weicht ihr nicht von der Seite. Lewana zeigt auf Zizo: »Sieh mal, wie sie läuft, wie frisch gevögelt!« Er lacht laut über seinen Witz. »Du tust mir echt leid«, sagt Irakli. »Von wegen, das Kleid passt dir nicht!«, sagt Saira fröhlich, als versuche sie Zizo aufzuheitern, doch die Direktorin hat keine Lust zu antworten, sie steigt verstimmt in den Bus.

Der Bus fährt langsam los, und Lela bemerkt, dass am hinteren Busfenster Axana steht. Sie lächelt ihr zu. Plötzlich wird Lela am Arm gepackt, es ist Zizo. Bist du nicht eben in den Bus gestiegen und zum Friedhof gefahren, will sie die Direktorin fragen, aber ihre Stimme versagt, sie hat ein Würgen im Hals. Zizo presst ihren Arm: »Wir sind erledigt ... Sie kommen und werden alles prüfen ...« Lela will sich losmachen, »lass mich«, will sie schreien, aber sie bringt keinen Laut heraus. Dann wird sie vom Geheul eines verzweifelten Tiers geweckt, es ist ihre eigene Stimme.

Schweißgebadet tastet sie im Dunkeln an der niedrigen Zimmerdecke nach der Glühbirne und dreht sie hinein. Es quietscht, und das gelbe, flackernde Licht erhellt das Wärterhäuschen.

Eine Weile sitzt Lela auf dem Bett, in Unterhose und T-Shirt, sie atmet tief durch. Sekundenlang dreht sich alles vor ihren Augen, was sie geträumt hat. Dann schlüpft sie in ihre Hose, steckt die Füße halb in die Schuhe und geht hinaus in den Hof.

Auf dem Brett zwischen den Tannen kommt sie langsam zu sich. »Wie habe ich so was träumen können, echt debil!« Lela zündet sich eine Zigarette an und betrachtet das in den Stamm getriebene Brett. Jemand hatte vor langer Zeit beide Tannen angesägt, ein großes Stück herausgekerbt und das Brett befestigt. Die Bank muss bereits mehrere Generationen von Internatsbewohnern gesehen haben. Mit ihren halb durchgesägten Stämmen leben diese Bäume weiter, sie leben und wachsen gegen alle Widerstände, stützen einander und versuchen, die aus dem Boden gezogenen Nährstoffe bis hinauf in die Zweige zu verteilen. Das Brett ist mit der Zeit eingewachsen – der Pakt, den zwei schmächtige Bäume für die Ewigkeit geschlossen haben. Sie müssen mit dem Fremdkörper leben, den man ihnen ins Fleisch gebohrt hat. Ihr einziger Trost sind die Menschen, die sich hin und wieder auf die Bank setzen und im Schatten ihrer Äste eine Pause einlegen.

Den Wolken entkommen, steht der Mond über dem Hof und erleuchtet alles taghell. Im Internatsgebäude brennt längst kein Licht mehr. Es ist totenstill. Auf dem Parkplatz stehen einige Autos. Schon seit Ewigkeiten vergammelt dort ein weißer »Shiguli«, vom Besitzer offenbar vergessen – keiner in Sicht, der ihn noch abholt oder sich darum kümmert. Die weiße Karosserie wurde von den Vögeln vollgekackt, die Reifen sind platt. Eine Weile betrachtet Lela das verlassene Auto, dann wird sie vom Scheinwerferlicht eines rasch vorbeifahrenden Wagens abgelenkt. Sie muss an Sergo denken. In der nächtlichen Stille tapst ein Straßenhund über den Asphalt, seine leichten, eiligen Schritte hören sich an wie die eines einsamen Passanten, der sich verspätet auf den Heimweg gemacht hat.

Lela kehrt ins Wärterhäuschen zurück und schraubt die bereits erhitzte Glühbirne vorsichtig mit einem T-Shirt heraus, um die herumwirbelnden Mücken in die

Dunkelheit zu verscheuchen. Die Schwärze stürzt über sie herein, sie tastet sich zum Bett, und erst allmählich findet alles wieder seinen Platz: die Tür, das Fenster, der Tisch, der Tannenzweig hinter der Fensterscheibe, den eine Brise sanft hin und her bewegt. Auch ihr Schatten bewegt sich mit.

Das ohrenbetäubende Gebrüll eines Kindes reißt sie aus dem Schlaf, und im Aufwachen begreift sie nicht sofort, wo sie sich befindet und welches Unglück über sie hereingebrochen ist.

Die Sonne ist längst aufgegangen. Die Morgenluft, durch den nächtlichen Sprühregen abgekühlt, berührt ihre Haut angenehm, als sie aus ihrem Häuschen tritt. Die Kinder haben sich am Tor versammelt, von wo das Weinen kommt. Lela eilt zu ihnen, schiebt die Kinder beiseite. Eine junge Frau steht hinter dem Zaun, einen etwa fünfjährigen Jungen an der Hand, der herzzerreißend weint.

»Soll ich dich hier abgeben? Soll ich dich hier lassen?« Sie hält seine Hand gepackt und schüttelt sie hin und her, als wollte sie sich selbst von ihr befreien.

Der Junge krallt sich an der Hand seiner Mutter fest. Er hat große, schwarze Augen und einen borstigen Igelschnitt. Es sind Nachbarn aus dem Wohnblock nebenan. Die Frau steht nicht zum ersten Mal mit ihrem Kleinen vor dem Schultor und droht damit, sich von ihm zu verabschieden.

»Siehst du? Auch sie waren frech zu ihrer Mutter und sind deshalb hier reingesteckt worden!« Sie zeigt auf das Tor, hinter dem die Kinder stehen und Mutter und Sohn mit großen Augen ansehen.

»Wirst du das noch einmal machen? Na, sag schon …«

»Nein …«, weint das Kind.

»He, Kleiner!«, ruft Lewana ihm zu. »Keine Angst, wir beißen nicht!«

Die Kinder lachen. Auch Waska steht dabei, er hat noch Schrammen im Gesicht, sein geschwollenes, violettes Auge kann er nur halb öffnen.

Das Weinen verstummt. Der Nachbarsjunge schaut ängstlich zu den Kindern herüber, als wundere es ihn, dass die Wesen hinter dem Zaun eine menschliche Sprache sprechen.

»Na schön, ich frag dich zum letzten Mal, soll ich dich hierlassen oder kommst du mit?«, reißt die Mutter das Kind aus dem Staunen. »He, Kinder«, ruft sie zum Tor herüber, »wo bleibt denn eure Lehrerin, ich hab ein neues Kind gebracht …« Wie eine schlechte Schauspielerin blickt sie suchend in die Runde.

Der Junge bricht in panisches Heulen aus. Verzweifelt versucht er, sich an die Oberschenkel seiner Mutter zu klammern. Die Kinder amüsieren sich. Die Mutter schmunzelt zufrieden, beschwichtigt dann aber ihr Kind:

»Also gut, jetzt kommst du mit, noch dieses eine Mal. Du musst mir aber versprechen, dass du auf mich hörst!«

»Jaa …«, schluchzt der Kleine.

Ohne sich zu verabschieden, kehrt die Frau den Internatskindern den Rücken zu und lässt die unfreiwilligen Mitspieler ihrer Show am Tor zurück. Hand in Hand geht sie mit ihrem Sohn nach Hause. Ihre Schritte sind breit und energisch, und der Junge versucht, so gut er kann, mitzuhalten. Mit seinen kurzen Schritten ist er gezwungen, fast zu rennen. Das Flitzen seiner kleinen Füße hat etwas Befreiendes, als wäre er gerade einer großen, unbestimmten Gefahr entronnen. Ein Glück, dass alles gut ausgegangen ist, bloß nicht zurückschauen, was vorbei ist, ist vorbei!

Die am Schultor versammelten Kinder strömen auseinander. Manche machen sich rasch auf den Weg zum Speisesaal – morgen steht ein Großereignis an: Weneras Sohn heiratet, Goderdsi aus dem Nachbarblock, er hat vor, den hochbedeutenden Tag in dem geräumigen Speisesaal des Internats zu feiern. Er wird oft für Festivitäten genutzt, für Hochzeit oder Trauerfeiern, dann werden alle Tische eingedeckt. Niemand könnte in der eigenen Wohnung so viele Gäste bewirten, ein Wohnzimmer, das fünfhundert Leuten Platz bietet, wurde noch nicht erfunden. Ganz zu schweigen von den riesigen Kochplatten, den Unmengen an Töpfen, diversen Einrichtungsgegenständen, den gesamten Utensilien des Speisesaals, mit denen Hunderte Menschen gleichzeitig versorgt werden können. Allerdings gibt es im Speisesaal nur noch Gerätschaften und Töpfe, die in einem normalen Haushalt nicht mehr zu gebrauchen sind. Die kleinen und mittelgroße Töpfe, Schöpflöffel, Blechschüsseln haben sich längst die Mitarbeiter unter den Nagel gerissen.

Alle Internatskinder sind zu Goderdsis Hochzeit eingeladen. Plötzlich empfinden sie das seltsame, unvertraute Gefühl, was es heißt, »Gastgeber« zu sein, so viele Gäste zu empfangen, den Tisch für sie zu decken und fremde und gut gekleidete Menschen um sich zu versammeln. Sie können es nicht fassen vor Glück.

Man kann nicht behaupten, dass zwischen den Menschen im Nachbarhaus immer eitel Sonnenschein herrscht, aber so will es der Brauch – wenn jemand stirbt, decken die Nachbarn gemeinsam den Tisch für die Trauerfeier, wenn jemand heiratet, wird der Tisch gemeinsam für das Hochzeitsfest gedeckt. Noch gilt dieses Gesetz, eine Form des Zusammenlebens, die im Laufe der Zeit wahrscheinlich zum Verschwinden und Aussterben verurteilt ist.

Die Frauen aus dem Nachbarblock sind bereits emsig am Werk, schlachten Hühner und rupfen sie, säubern Spinatblätter, sortieren Walnüsse und schieben schon die Ferkel in den Ofen. Der Betrieb läuft an – die Nachbarn rennen ständig zwischen dem Wohnblock und dem Internat hin und her. Um die Wege abzukürzen, nehmen sie an solchen Tagen nicht den Haupteingang, sondern schlüpfen durch ein Loch im Zaun von Hof zu Hof. Der Turnlehrer Awto hat die löchrige Stelle im Zaun vergrößert, so dass die Nachbarinnen, mit diversen Lebensmitteln bepackt, sich nicht die Kleider am Draht aufreißen.

Koba und die anderen Nachbarsjungen tragen Kisten in den Speisesaal – Geschirr aus einem Restaurant, das sich die Familie des Bräutigams ausgeliehen hat. Irakli geht ihnen voran und macht den Weg frei. Sie stellen ihre Last ab und gehen wieder hinaus in den Hof, um die nächste Ladung zu holen. Vor dem Eingang zum Speisesaal wuseln die Kinder und wollen behilflich sein. Sie sind scharf darauf, eine Aufgabe zu erhalten, doch sobald sie eine haben, reißen sie sich diese aus den Händen.

»Lela ... komm mal eben mit!« Irakli schaut zu Lela hinauf, die Töpfe aus den Regalen holt. Sie steigt vom Stuhl und klopft sich den Staub von den Händen.

Draußen stürmt Irakli den Pfad am Birnenfeld entlang, Lela rennt hinterher.

»Schnell«, ruft er ihr zu und deutet auf die Nachbarin Msia, die er gleich eingeholt hat.

»Sie muss was aus ihrer Wohnung holen ... Ich dachte, wir gehen mit, sie lässt uns bestimmt telefonieren ... «

»Du tickst wohl nicht richtig!«, platzt Lela heraus. »Wo willst du denn anrufen? Sie ist weg ... Sie ist nach Griechenland abgehauen! Wie willst du sie denn dort anrufen, bist du wahnsinnig?!«

»Ich frage Iwlita ... Wenn sie mir die Nummer sagt, ruf ich sie an. Wenn nicht, dann kann ich eben nicht anrufen.« Irakli klettert durch das Loch im Zaun in den Nachbarhof hinüber, doch Lela folgt ihm nicht. Sie bleibt auf dem Internatsgelände zurück.

»Mach, was du willst, aber ohne mich! Mach deinen Scheiß allein!« Lela will umkehren.

»Lela! Lela! Bitte! Nur dieses eine Mal noch, ich schwör bei allem, ich frag dich nie mehr!«

Beim Anblick des flehenden, spitzohrigen Irakli kann Lela sich das Lachen nicht verkneifen:

»Du kapierst es einfach nicht ...« Sie windet sich durch den Zaun.

Msia führt die Kinder in die Wohnung. Aus dem Zimmer holt sie einen kleinen Hocker, schließt sorgfältig die Tür und verschwindet in der Küche.

Irakli ruft bei der Nachbarin Iwlita an und fragt nach der Telefonnummer seiner Mutter in Griechenland. Iwlita lässt Irakli eine Zeit lang allein am Hörer, währenddessen klopft Lela an Msias Küchentür und bittet sie um ein Blatt Papier und einen Stift.

Als Irakli sich von Iwlita verabschiedet, sieht er eine Weile auf das Blatt, auf dem er gerade die Nummer notiert hat. Seine Handflächen schwitzen. Sein Herz schlägt schnell.

»Diktier mal!«, fordert er Lela auf.

Das Freizeichen ertönt, in irgendeiner Ferne klingelt es. Eine Stimme meldet sich, die auch Lela gut kennt.

»Mama, ich bin's«, sagt Irakli mit schwacher Stimme, danach herrscht einige Sekunden lang Stille.

»Ah, Irakli ...« Eine verwunderte Frauenstimme ist zu hören, die erfreut tut. »Wie geht es dir? Ich konnte nicht mehr kommen, schau ... Alles ging drunter und drüber, es sind Sachen schiefgelaufen, ich hatte so viel zu tun ... Und das Geld war auch alle. Jetzt werde ich hier arbeiten, ich werde bald Geld für alles haben, für die Reise zu dir und für alles. Ich werde dir Geschenke schicken ...«

»Wann kommst du wieder zurück?«, fragt Irakli.

»Na ja ... Jetzt hab ich erst mal zu arbeiten angefangen, aber sobald ich ein bisschen Geld zusammengespart habe, komme ich.«

Wieder Stille.

»Irakli, du weißt doch, wie sehr die Mama dich lieb hat ... Sei nicht traurig, mein Schatz, es wird bestimmt alles wieder gut ...«

Irakli bekommt bei der besänftigenden Stimme seiner Mutter plötzlich feuchte Augen. Er hat das nicht erwartet und reibt sich so heftig die Augen, als versuche er, alle seine Tränen schon vor dem Aufsteigen wegzuwischen. Er weint nicht, doch er errötet und muss das Gesicht verziehen – er sitzt gekrümmt auf dem Hocker und gibt keinen Laut von sich. Plötzlich reißt Lela Irakli den Hörer aus der Hand und keift hinein:

»Es wird bestimmt alles wieder gut, was? Du Schlampe, lässt das Kind hier warten und vögelst herum! Wichserin! Was versprichst du dem Kind, du würdest kommen?! Halt doch den Mund und erzähl hier keinen Scheiß!«, brüllt Lela.

Irakli hört auf, gegen die Tränen anzukämpfen, und schaut Lela verdattert an. Sie hat jetzt Iraklis Sitz eingenommen, mit gebeugtem Oberkörper hält sie den Hörer in der einen Hand, mit der anderen stützt sie sich auf ihrem Knie ab.

»Hallo, hallo ...«, ist die Frauenstimme aus dem Hörer zu vernehmen. »Hallo, wer spricht da?«

»Das geht dich einen Scheißdreck an! Hör zu, was ich

dir sage! Lüg das Kind nicht an, sonst komm ich in dein Griechenland und klatsch dich an die Wand und tapezier drüber!«

Lela knallt den Hörer auf die Gabel.

»Los, steh auf, beweg dich!«, sagt Lela und will gehen, als würde die beschimpfte Frau gleich hinter ihnen herrennen.

Sie stürzen zur Tür.

»Danke!«, schreit Lela und stürmt aus der Wohnung.

Draußen kann Irakli seine Tränen nicht mehr zurückhalten.

»Hör auf zu heulen, sei ein Mann!«, sagt Lela und legt Tempo zu. »Siehst du nicht, dass sie es dir nicht direkt sagen kann und dass du es selber kapieren musst? Sie kommt nicht mehr, schnallst du es nicht? Wozu denn überhaupt eine Mutter? Bist du nicht groß genug? Kannst du nicht selber laufen und essen und sprechen? Dann lass doch den Scheiß!«

Irakli antwortet nicht. Mit hochgezogenen Schultern geht er an Lelas Seite und wischt sich mit dem Ärmel seines T-Shirts die Tränen und die Nase ab.

Als sie den Hof betreten, vergessen beide kurzerhand Griechenland – eine Frau ist zu Besuch, sie fotografiert die Kinder mit einer kleinen, silberfarbenen Kamera. Dali gibt den Kindern Anweisungen: »Kopf hoch« oder »Stell dich gerade hin« oder »Lächle mal ...« Lela merkt bald, dass die Besucherin nur bestimmte Kinder fotografiert, die Dali anscheinend gebadet und sauber gekleidet hat. Das sind der sechsjährige Pako und noch zwei

Gleichaltrige: ein Mädchen, die Jesidin Dschilda, und ein Junge namens Lascha.

Die Frau muss um die fünfzig sein, ihr Haar ist blond gefärbt, ihren außerordentlichen Hintern schleppt sie wie einen Fremdkörper mit sich herum. Als Hintergrund für die Fotos hat sie eine Wand ausgesucht. Pako steht davor – er trägt ein blaues Hemd, das Dali ihm bis zum Hals zugeknöpft hat, seine Haare sind nass zur Seite gekämmt. Auf Dalis Anweisung, sich gerade hinzustellen, streckt er sich dermaßen, als würde er gleich in der Mitte auseinanderbrechen. Jetzt ist Lascha an der Reihe, mit seinen riesigen, traurigen Augen und großen Ohren. Dali gefällt etwas an ihm nicht, hektisch richtet sie ihm die Haare und das Hemd.

»Guck doch ein bisschen fröhlich, und steh nicht wie eine Mumie da!«, beschwert sich Dali. Die Fotografin versucht, die Aufmerksamkeit des Kindes auf sich zu lenken, und schnipst mit erhobenen Fingern. Lascha schaut sie verwirrt an.

»Na … mach doch ein fröhliches Gesicht!«, ärgert sich Dali wieder. »Locker die Stirn ein wenig!«

Lascha versucht zu lächeln, er fletscht die Zähne und zieht die Augenbrauen zusammen, so wirkt er noch elender und gequälter – ein Grund auch, dass die herumstehenden Kinder laut lachen müssen.

»Wer soll den denn bei sich aufnehmen? Sieh dir seine Fresse an!«, meint der redelustige und immer gutgelaunte Lewana, dabei lacht er sich kaputt.

»Ah, wir haben so ein gutes Mädchen gehabt …«,

fängt Zizo plötzlich an. »Nona hieß sie. Eine Verwandte hat sie wieder mitgenommen, sonst wäre sie besser als alle hier. Wenn in Amerika jemand ihr Foto gesehen hätte, hätte er sie sofort ausgewählt, ich wette darauf, so ein hübsches und kluges Kind war das.«

»Ja, Nona, nicht wahr?«, bemerkt Dali mit Bedauern. »Sie hätte alle hier in die Tasche gesteckt. So ein Kind haben wir davor nie gehabt!«

Dann ist Dschilda an der Reihe, von der Zizo offensichtlich nicht begeistert ist. Dschilda schielt auf einem Auge, außerdem ist sie jesidischer Herkunft, was sie nach Zizos Meinung nicht gerade für die Adoption aus Georgien qualifiziert. Das Mädchen hat glatte, glänzend schwarze Haare und erdbeerrote Lippen. Dali hat ihr ein buntes, schmal geschnittenes Trägerkleid angezogen, in dem das ohnehin schmal gewachsene Mädchen noch dürrer erscheint.

Die Frau macht eine Pause, sie setzt sich auf die Bank und raucht eine Zigarette. Aus dem Internat sind alle vollständig versammelt und lassen die drei bevorzugten Kinder nicht aus den Augen. Auch Stella, die betrübt dasitzt und auf Dschildas Trägerkleid schaut.

Wie die Fotografin Zizo erzählt hat, lebt sie bereits seit einigen Jahren in Amerika und hilft einer dortigen Familie bei der Adoption eines Kindes. Sie, Madonna, habe all die Jahre bei dieser Familie gearbeitet und die alte Mutter der Gastgeberin bis zu deren Tod gepflegt, trotz ihres schwierigen und fiesen Charakters. Laut Madonna hat sich die Familie aufgrund ihrer Treue und

Aufopferung in dieses völlig fremde und seltsame Land Georgien verliebt und sie deshalb um Hilfe gebeten. Die Familie hatte ein behindertes Kind, das leider Gottes gestorben war, deshalb wollten sie ein Kind aus einem Internat adoptieren. Es gibt in Tbilissi einige solche Internate, Madonna hat sie alle abgeklappert und dort Fotos von den sechs- bis siebenjährigen Kindern gemacht. Es gebe hier zwar noch weitere Kinder in diesem Alter, aber Zizo hat drei ausgewählt und rät Madonna dringend, diese, wie sie selbst bemerkt, »vergleichsweise vorzeigbaren« Kinder zu fotografieren.

»Dann musst du mir ihre Vor- und Nachnamen nennen und kurz etwas zu Herkunft und Geschichte sagen ...«

»Ah, das muss auch sein?« Zizo setzt sich neben Madonna.

»Natürlich, was denkst du denn! Wer ein Kind in die Familie holt, muss sich doch eine Vorstellung von ihm machen können.«

»Machen Sie keine Fotos von den anderen?« Lela tritt zu ihnen.

Noch bevor Madonna antworten kann, streckt Lewana aus der Gruppe der versammelten Kinder den Kopf hervor:

»Nein, sie wollen nur die Kleinen, die Älteren und Debilen wie wir sind nicht angesagt!«

»Wenn du doch auch in anderen Dingen so schlau wärst!«, sagt Zizo und mustert den grinsenden Lewana so mitleidig, als wäre es längst ausgemacht, dass ihn nichts und niemand mehr aus dem Elend der Welt herausholen wird.

Madonna möchte die Kinder jetzt beim Spielen fotografieren. Ein Tumult bricht los. Pako will ein Foto von sich beim Fußballspielen, obwohl der Ball aufgeschlitzt ist und weder Zizo noch Madonna seinen Vorschlag für eine gute Idee halten. Dschilda kommt mit einem Springseil an. Pako und Lascha haben noch keine Idee, sie stehen einfach da. Gewaschen, gebadet und gekämmt, scheinen sie sich nicht mehr so frei bewegen zu können wie die anderen, ihre wilden, schmutzigen Internatskameraden.

»Genug, genug ... Tut einfach so, als würdet ihr Himmel und Hölle spielen oder so etwas«, sagt Madonna.

Dann steht Lela vor Zizo:

»Ich hab was zu besprechen.«

»Jetzt?«

Zizo entschuldigt sich bei Madonna und folgt Lela zu den Tannen. Nach der Sache mit Sergo wirkt sie ein wenig unsicher und ängstlich, sie begegnet Lela mit Vorsicht.

»Was gibt's denn?«, fragt Zizo zweifelnd und sucht im Schatten der Tanne Schutz.

»Diese Madonna oder wer, sag ihr, sie soll auch Fotos von den anderen machen ... von den Kleinen, meine ich.«

Zizo fällt ein Stein vom Herzen. Erleichtert und fast heiter macht sie einen Schritt auf Lela zu und flüstert:

»Sag mir doch, wer soll noch fotografiert werden ... Du weißt doch, deine Meinung ist mir wichtig.«

»Was weiß ich, alle ... zumindest die Kleinen. Aber sie soll sie nicht nur fotografieren, diese Madonna oder wer, sag ihr, sie soll die Fotos den Amis schicken. Wer weiß, vielleicht gefällt denen plötzlich Stella oder Lewana ...«

»Nein, nein ... Lewana kommt nicht infrage. Auch wenn er ihnen gefallen würde, er muss hierbleiben, er hat eine Mutter, und sie hat es uns nicht erlaubt. Aber lassen wir sie die anderen fotografieren, Stella zum Beispiel. Warte ...« Sie steuert geschäftig wieder auf Madonna zu.

»Ich hab Madonna sie deshalb nicht fotografieren lassen, damit sie sich keine falschen Hoffnungen machen«, erklärt Zizo, während Lela neben ihr herläuft, »die Familie will ein maximal sechs Jahre altes Kind, und du weißt ja, von Stella wird nun wirklich keiner angetan sein! Aber fotografieren wir sie trotzdem und schicken ihnen die Aufnahmen ... Aber die Sache mit den Papieren ...«, sagt Zizo leise zu Lela. »Wenn ein Elternteil mal das Kind besucht, kann ich zum Beispiel so jemanden nicht fortgehen lassen! Ich werd mich doch nicht ins Gefängnis bringen lassen? Bei den Waisen ist das was anderes.«

Zizo schlägt Madonna wie versprochen vor, auch Fotos von den anderen Kindern zu machen, und Madonna stimmt wortlos zu, es könne ja nicht schaden.

Die übrigen Kinder sind zwar nicht so gewaschen und sauber hergerichtet wie die drei Auserwählten, aber sie stellen sich trotzdem vor die Wand und führen freudig Dalis und Madonnas Anweisungen aus. Fast alle

Kinder, die unter zehn Jahre alt sind und keine Eltern haben oder deren Eltern auf die Fürsorgepflicht verzichtet haben, werden fotografiert. Stella steht beim Springbrunnen und streicht mit nassen Händen ihre zerzausten Haare zurück, dann kommt sie herbeigelaufen, stellt sich an die Wand und erstarrt grinsend vor der Kamera.

»Wo bleibt denn Irakli?«, fragt Zizo und lässt ihren Blick über die Kinder schweifen.

Lela ist, als hätte sie sich verhört, vielleicht bringt Zizo etwas durcheinander ... Aber nein, wie es scheint, ist auch Iraklis Schicksal entschieden, und seine Mutter wird nie wieder zu ihm zurückkehren. Dass sie ein Miststück ist, wusste ich, denkt Lela und ist trotzdem verwundert, dass Iraklis Mutter ihn tatsächlich hat hängenlassen. Eine Weile steht Lela so da, dann geht sie langsam und nachdenklich zum Internatsgebäude, um Irakli zu suchen und ihm die Wahrheit zu sagen. Sie hätte Iraklis Mutter am Telefon noch mehr beschimpfen sollen, jetzt bereut sie das.

Lela schaut zuerst bei der Toilette im Erdgeschoss nach, dann geht sie hinauf und findet Irakli in einem der Zimmer auf dem Bett liegen. Er weint nicht. Er liegt auf dem Rücken – einen Arm über dem Gesicht. Als sie ihn wie ein Häuflein Elend daliegen sieht, ändert Lela ihre Meinung und beschließt, ihm nichts über seine Mutter zu sagen:

»Komm, Zizo ruft dich, sie wollen auch von dir ein Foto machen. Wer weiß, welche Zukunft dir winkt.«

»Ich will nicht«, sagt Irakli, ohne Lela anzusehen.

»Was hast du denn?«

»Ich hab Kopfweh«, sagt er und krümmt sich zur Wand.

Plötzlich packt Lela ihn, reißt ihm die Hand vom Gesicht und kitzelt ihn.

»Na, komm schon, es ist lustig! Keiner nimmt dich mit ... Das glaubst du doch nicht im Ernst! Sie suchen sowieso jemand Jüngeres, nicht so einen alten Esel wie dich! Komm, beweg deinen Arsch!«

Irakli gibt keinen Laut von sich.

»Bist du schlecht drauf, weil ich deine Mutter zusammengeschissen habe?«

Irakli schließt die Augen und rückt noch mehr an die Wand.

»Denkst du, dass sie jetzt beleidigt ist und nicht mehr zurückkommt?«

Irakli schweigt.

»Mach dir keinen Kopf«, fängt Lela wieder an. »Dann rufen wir sie halt noch mal an, und du sagst ihr, das sei neulich irgendeine Irre gewesen ... Eine Irre, die einfach mitgekommen ist ... Du sagst, die ist nicht ganz dicht im Kopf, die ist plemplem und labert nur Scheiß ...«

Irakli beginnt zu weinen.

»Ika ... wir rufen sie an und du sagst ihr, dass es eine Verrückte war, die dich zum Telefonieren begleitet hat und dich nicht in Ruhe gelassen hat ... Du sagst, sie ist schon längst weg, aus dem Internat weggebracht, oder sie ist sogar gestorben! Ein Auto hat sie plattgemacht!«

Lela versucht, Irakli zu sich zu drehen.

»Komm, sei ein Mann! Einmal hat sie es echt verdient, zusammengeschissen zu werden! Sie hat dir Märchen erzählt, hör jetzt endlich auf!«

Lela packt Irakli und zerrt ihn mit aller Kraft aus dem Bett.

»Was soll ich denn machen? Gleich morgen gehen wir hin und rufen sie an!« Lela wird plötzlich wütend, packt Irakli noch fester an den Schultern und schüttelt ihn. »Willst du jetzt anrufen? Willst du gleich hin? Na komm, lass uns gehen, ich bin dabei! Aber du musst ihr schon selber sagen, das war eine Verrückte, ich werd mich nicht bei ihr entschuldigen, verstanden? Und wenn sie es dann nicht glaubt, kann sie mich mal am Arsch lecken!« Lela zerrt ihn auf den Gang.

Sie führt Irakli zur Wand, schiebt die in der Reihe stehenden Kinder beiseite und stellt ihn vor Madonna. Als die Kinder sein verweintes Gesicht sehen, müssen sie lachen.

»Ach, sehen Sie ... noch so einer! Die Chancen stehen aber nicht so gut, ich kann dir leider keine Hoffnung machen!«, kichert Lewana. »Welcher Irre lässt dich denn in sein Haus! Hast du Läuse, Ikalein?« Lewana lacht sich tot, und Lela verpasst ihm eine kräftige Watsche auf den Hinterkopf.

Am nächsten Tag wird die Hochzeitstafel gedeckt. Im Speisesaal wuseln noch mehr Frauen umher. Auch die Kinder sind dort, die meisten haben sich am Eingang versammelt und helfen den Erwachsenen entweder beim Tragen der Lebensmittel oder als Boten zwischen Speisesaal und Nachbarblock.

Zwei Nachbarinnen bestimmen eine Wand, an der sie einen großen, roten Samtstoff anbringen wollen. Der Turnlehrer Awto hilft ihnen, er nagelt den Stoff fest. Jetzt steigt eine andere Nachbarin, die Frau mit dem lockigen Haar, die für die Kinder vor Jahren den Neujahrstisch gedeckt hat, auf die Leiter und versucht, weiße Rosen auf dem roten Stoff zu befestigen. Jemand hatte die Idee, »Goderdsi und Manana« aus Rosen zu schreiben, offensichtlich heißt die Braut Manana, aber dieser Vorschlag erregt Missfallen. Sie merken, dass es nicht leicht ist, die Blumen zu Namen zu formen, und begnügen sich damit, den Wandbehang einfach mit den Rosen zu verschönern.

Vor der geschmückten Wand wird die Tafel für das Brautpaar gedeckt, mit besonderem Geschirr: zwei mit blauen Blumen verzierte Porzellanteller übereinander und große Kristallgläser mit Goldrändern. Im kleineren Saal, der gewissermaßen eine Verlängerung des großen darstellt, wird für die Internatskinder gedeckt.

»Sollen wir ihnen alles servieren?« Die Köchin, eine kurvenreiche Matrone, kommt aus der Küche gelaufen und betrachtet die Kindertafel. Die Hauptvertreterin der Bräutigamfamilie und Verantwortliche dieser Veranstaltung, eine schmächtige Frau mittleren Alters mit kurzen Haaren und strengem, pockennarbigem Gesicht, nickt der Köchin zu.

»Auch den Wein?«, fragt die Köchin.

Die Frau denkt nach. Dann schaut sie Awto an, der gleich eine Antwort parat hat:

»Ein Gläschen kann nicht schaden, lassen wir sie anstoßen. Sonst stellt doch ein paar Flaschen Limonade hin, das mögen sie bestimmt.«

Kurz darauf ertönt ein anhaltendes Hupen. Lela empfängt die Autos beim Tor, sie fahren mit feierlichem Hupsignal herein. Lela rennt den Autos hinterher. Vor dem Eingang zum Speisesaal steigen die Gäste aus. Auch die Kinder sind da, Dali hütet sie und treibt sie in die Ecke, damit sie den Gästen möglichst nicht weiter auffallen. Dali selbst ist feierlich gekleidet, sie trägt eine schwarze Bluse mit grünen Punkten und einer grünen Schleife auf der Brust. Der unter den Augen ungeschickt gezogene schwarze Lidstrich löst sich schon auf und zerläuft mit dem Schweiß. Aus einem der Wagen steigt Goderdsi, frisch gewaschen, fotogerecht herausgeputzt, die Haare seitlich frisiert. Er läuft um das Auto herum, öffnet die Wagentür und reicht der Braut seine Hand. Eine große Frau von unerhörter Schönheit steigt aus. Sie trägt ein langes, weißes Kleid. Ihr schwarzes, lockiges Haar und ihr breites Lächeln lässt alle auf der Stelle versteinern. Bei ihrem langsamen und anmutigen Gang zeichnet sich unter dem Brautkleid ihr Körper ab – ein atemberaubender Anblick, alle sind zutiefst beeindruckt.

»Dieses Mädchen scheint schon in viele Betten gehüpft zu sein, wer würde sie sonst Goderdsi zur Frau geben?«, teilt Nachbarsfrau Tina ihrer Türnachbarin Dschanetta mit.

»Woher weißt du das?«, wundert sich Dschanetta und betrachtet Mananas hautenges Kleid und die auf ihrem gewölbten Hintern befestigte kleine weiße Schleife, die in zwei Satinbänder ausläuft.

»Ich weiß es eben«, sagt Tina.

Einige Mädchen in glitzernden Kleidern versammeln sich wie Hühner in Erwartung der Handvoll Maiskörner, die man ihnen hinstreuen wird. Manana stellt sich mit dem Rücken zu den Mädchen und schleudert den Brautstrauß rücklings über den Kopf in die Menge. Nach großem Getümmel und Gerangel landet der Blumenstrauß bei einer pummeligen jungen Frau, der während des kleinen Trubels die Wangen rot angelaufen sind und die immer noch kampfbereit, ja feindselig schnauft – und dabei das Lächeln vergisst. Die anderen applaudieren, und die Hochzeitsgäste treten nun in den festlich geschmückten Speisesaal des Internats, in dem ein großer, langer Tisch aufgebaut und in aller Farbenpracht geschmückt ist: Gurken, Tomaten, frische Kräuter, Lauch und Radieschen, mit geometrischer Genauigkeit arrangiert, außerdem verschiedene, in gleichen Abständen platzierte kalte Speisen. In diesem Augenblick gibt der Turnlehrer Awto dem am Yamaha-Klavier stehenden Musiker ein Zeichen, und es erklingt Mendelssohns Hochzeitsmarsch, die halblauten Töne des Yamaha, die bald in ein tuschetisches Liebeslied übergehen.

Die Kinder setzen sich an den Tisch. Alle sind da, nur

Irakli fehlt. Es heißt, er hat Fieber und kann nichts im Magen behalten.

»Nun, meine Freunde ...«, erklingt die schallende Stimme des Tamadas, des Tischleiters, »lasst uns auf das Hochzeitspaar trinken!«

Dann hält er einen Moment inne, legt seine kleine, rundliche Hand unwillkürlich auf die Brust, mit der anderen Hand hebt er das Glas und wendet sich mit frischer Stimme an die Anwesenden:

»Adam und Eva ... Warum wurden Adam und Eva erschaffen?«

Der Tamada blickt in die Runde – keine Antwort.

»Nun«, setzt er fort, »für die Liebe und die Fruchtbarkeit! Auch wir sind Nachkommen von Adam und Eva und müssen uns durch die Liebe vermehren! Auf die Vereinigung von Goderdsi und Manana! Meine Lieben, ich trinke auf euren Bund! Auf dass ihr immer zusammenbleibt, in Freude und bis zum Sargdeckel!«

Der Tamada ist ein angeblich angesehener Verwandter von Goderdsi, ein breitschultriger, graumelierter Mann mit gewölbtem Bauch; gewissenhaft schüttet er Glas für Glas den bernsteinfarbenen Wein in sich hinein. Er ist beneidenswert selbstsicher und weiß, wovon er redet. Mit solchen Gesellschaften und Tischgelagen hat er reichlich Erfahrung und ist ganz in seinem Element.

Die Kinder klagen nicht über mangelnden Appetit und essen von allem mit großem Vergnügen: heiße Chatschapuris, Brathühnchen, Kutschmatschi-Innereien, grünes Gemüse, Basche-Walnuss-Soße, Tone-Brot aus dem Tonofen und alle andere Speisen, die reichlich serviert werden. Auch Dali hat sich zu den Kindern gesetzt und genießt es still und heimlich, Maisbrot und Fisch mit bloßen Händen zu verspeisen, ihre Lippen sind fettverschmiert. Hin und wieder muss sie die Kinder zurechtweisen, sie rollt zornig mit den Augen und öffnet den Mund so, dass der mit den übrig gebliebenen Zähnen mühselig zerkaute Bissen herauszurutschen droht.

Lela trägt einen Teller mit Essen zu Irakli hinauf. Sie weckt ihn, aber Irakli hat keine Lust zu essen. Sie befühlt seine heiße Stirn, richtet ihm die Decke, stellt den Teller neben das Bett und geht wieder in den Speisesaal.

Nun tanzen bereits einige junge Leute, Kuchen und Obst werden aufgetragen.

Lela geht zu Zizo, die bei den Nachbarsfrauen sitzt, gerade ein Stück Cremetorte verspeist und bei der Kellnerin türkischen Kaffee bestellt.

»Zizo-Lehrerin«, ruft Lela sie, »kannst du mal kurz kommen?«

Zizo schaut Lela erstaunt an, weil sie gebeten wird, vom Tisch aufzustehen. Doch sie nimmt sich zusammen, lässt die Torte stehen und drängt sich zwischen den anderen Frauen hindurch nach draußen. Die Musik spielt laut, sie donnert und dröhnt aus den Lautsprechern. Zizo und Lela suchen sich eine ruhige Ecke.

»Entschuldigung, ich hab dich vom Essen abgehalten ...«, Lela spürt, dass der Wein ihr ein wenig zu Kopf gestiegen ist. »Was ich dich fragen wollte ... Die Sache mit Irakli ... Ich meine, du hast gesagt, nur die ohne Eltern sollen fotografiert werden ... Also, was ist jetzt mit Iraklis Mutter?«

»Das hättest du mich doch auch morgen fragen können!« Zizo ist empört. »Was willst du denn wissen? Ob Irakli eine Mutter hat?«

»Nein, nein ... das weiß ich, neulich hab ich mit ihr ein Wörtchen geredet, sie ist wohl jetzt in Griechenland.«

»Ja, sie ist in Griechenland, sie hatte es nicht leicht hier ... Und sie wird nicht zurückkommen, jedenfalls nicht so bald. Dann wird Irakli schon achtzehn sein und kann sowieso tun und lassen, was er will ...« Zizo redet laut, um den Lärm der Musik zu übertönen. »Gut, dann geh ich jetzt, und du trink nicht mehr.« Zizo will gehen, aber dann fällt ihr etwas ein, und sie kommt wieder auf Lela zu: »Aber sag ihm nicht, was ich dir gesagt habe. Sag es Irakli nicht. Und rede auch nicht mit den anderen Kindern darüber. Du weißt, ich vertraue dir.«

»Ja, das weiß ich«, erwidert Lela.

Die Hochzeitsfeier nähert sich dem Höhepunkt: Goderdsis Cousin, ein Milizionär in Zivil, offenbar von der Musik ermuntert und angefeuert, springt plötzlich auf den Stuhl, steigt dann auf den Tisch, zieht eine Pistole aus dem Gürtel und schießt mehrere Male in die Decke.

Die Musik wird noch lauter, und die Internatskinder kriechen auf dem Boden herum, um die Patronenhülsen zu suchen.

Dali versucht, die Kinder mit Hilfe von Lela langsam aus dem Speisesaal zu treiben. Sie halten jedes ein Stück

Kuchen in der Hand, den man »Ideal« nennt. Die Tische werden zur Seite geschoben – es ist Zeit zum Tanzen.

5

Wano lässt nicht gern den Unterricht ausfallen. Auch wenn das gesamte Internat plötzlich erkrankt und nur ein einziges Kind zum Unterricht erschienen wäre, würde er die Stunden abhalten. Die Hände auf dem Rücken verschränkt, spaziert er vor der Tafel auf und ab. In einer Hand hat er eine biegsame Rute, selbst geschnitzt.

Wenn Wano spricht, schaut er die Kinder ungern an. Entweder starrt er zu Boden, oder sein Blick geht ins Leere. Verglichen mit einer gewöhnlichen Schule herrscht im Internatsunterricht keine Strenge. Den Kindern fällt es schwer, sich zu konzentrieren, und egal, was und wie oft man es ihnen sagt, am Ende machen sie trotzdem, was sie wollen. Manchmal verliert Wano die Geduld und lässt seine Rute durch die Luft sausen. Früher, zu Marcels und Iras Zeiten, hat er sie oft eingesetzt. Jetzt benutzt er sie nur noch selten. Als hätte er keine besondere Lust mehr zu schlagen, als wäre er zu alt dafür und nicht mal mehr imstande, jemandem Angst einzujagen, weder mit den bloßen Händen noch mit seiner Rute.

Die Tür wird aufgerissen, Lela platzt in den Unterricht.

»Lewana, deine Mutter ist da!«

Lewana, der ewige Witzereißer, springt von der Schulbank auf. Er ist überrascht und starr vor Freude, doch dann schlendert er betont lässig zur Tür. Es ist unter seiner Würde, wie ein kleiner Junge zu seiner Mama zu rennen.

»Nimm das doch bitte für Gulnara mit ...«, ruft Wano und winkt Lela zu sich nach vorne. Die Kinder stürzen zu den Fenstern. Sie wollen unbedingt Lewanas Mutter sehen. Manche rennen raus aufs Klo, andere begleiten ihn, um das Treffen mit seiner Mutter mit eigenen Augen zu erleben.

Wano öffnet die Schublade. Lela steht am Tisch und sieht seine hagere Hand, seine langen Finger, die den Griff der Schublade umfassen und sie öffnen. Und zugleich sieht Lela sich selbst, klein, mit heruntergelassener Unterhose, das Kleid und den Pullover bis zum Kopf hochgezogen, Wano berührt mit seinen dürren Fingern ihre haarlose Scham, dann berührt er sie tiefer bis in die Spalte, ungeschickt, schnell, als wollte er etwas aus Lelas Innerem herausholen und dieses Etwas glitte ihm ständig aus den Fingern. Lela spürt es brennen und schmerzen zugleich. Sie weint nicht, verzieht nur ihr Gesicht. Dann öffnet Wano die Hose und zeigt Lela seinen Penis.

»Fass ihn an, keine Angst.«

Lela schaut Wanos steifen Penis an – ein gehäutetes Tier, das hin und her wackelt.

»Ich nehm dich mit in die Stadt, ich kauf dir ein Eis ... Du bist ein gutes Mädchen, schau, das wird dir bestimmt gefallen ...« Lela legt ihre Hand um Wanos Penis, der in ihrer Hand so dick ist wie der Stiel des Besens im Schuppen. An das, was folgte, erinnert sie sich nicht mehr. Sie weiß aber noch, wie sie vor Schmerzen schrie und Wano ihr mit seiner schweißnassen Hand den Mund zuhielt. Ihm behagten Lelas Tränen nicht, und er schärfte ihr ein, kein Wort darüber zu verlieren.

Wano nimmt das Klassenbuch aus der Schublade und reicht es Lela. Sie schaut in sein welkes, altes Gesicht, seine schwarzumränderten Augen, die trüb hinter der Brille zu erkennen sind. Sie schaut auf seinen schlaffen, heruntergezogenen Mund und kann nicht glauben, dass dies der Mann mit dem Besenstiel ist.

Als Lela auf die Straße tritt, spürt sie, wie ihr übel wird. Sie setzt sich in den Schatten, auf die Bank zwischen den Tannen, und zündet sich eine Zigarette an.

Sie erinnert sich an eine weitere Szene im Korridor, am Eingang zur Turnhalle, als Wano sich ihr in den Weg stellte, sie an der Hand nahm und durch die Turnhalle in den Umkleideraum führte. Als Lela ein Kind war, fing Wano sie öfters auf diese Weise im Schulgebäude ab, nahm sie an der Hand und zerrte sie irgendwohin. Dieses Hand-in-Hand kann Lela nicht ausstehen. Noch heute hasst sie es, wenn jemand ihre Hand nimmt. Im feuchten Umkleideraum musste Lela zuerst ihre Hose ausziehen, dann die Strumpfhose, schließlich die Unterhose. Wano ließ sie barfuß auf den kalten Steinfliesen stehen. Dann geschah etwas, was Lela bis heute nicht vergessen kann: Waska kam in den Umkleideraum und sah Lela mit heruntergelassener Hose vor Wano stehen, er saß auf dem Stuhl, unten herum nackt. Entsetzt blickte Waska ihr ins Gesicht und war sofort wieder verschwunden.

Als Lela größer wurde, ließ Wano sie in Ruhe. Er zerrte sie nicht mehr ins Geschichtszimmer oder in den Umkleideraum. Manchmal, wenn Lela Wano anschaut, denkt sie, das alles sei vielleicht nur Teil eines bösen Traums, und in Wirklichkeit sei ihr nie etwas passiert. Doch wenn Waskas Lächeln sich auf seinem Gesicht ankündigt, fährt ihr jedes Mal jenes entsetzliche Gefühl durch den Körper, und ihr wird schlecht.

Lela entdeckt Lewana und seine Mutter auf einer Bank im Hof, sie unterhalten sich leise. Lewanas Mutter ist eine gut gekleidete, attraktive Frau, fast eine Schönheit. Sie trägt ein Oberteil mit tiefem Ausschnitt und einen eng anliegenden Rock, ihre glatten, kastanienbraunen Haare reichen ihr bis zu den Schultern. Lela kann sich gut vorstellen, dass sich viele Männer um sie reißen und sie in dem Durcheinander keine Zeit für ihr Kind findet. Lewanas Mutter wirkt zugleich elegant und gebrochen, etwas Leidendes liegt auf ihrem stark geschminkten Gesicht. Schließlich verabschiedet sie sich von ihrem Sohn und drückt ihn ans Herz. Lewana erwidert die Umarmung so gut er kann, schüchtern legt er die Arme um ihre Schultern. Er begleitet seine Mutter bis zum Tor und öffnet es ihr, dabei hält er die Tüte in der Hand, die sie ihm mitgebracht hat. Als Lewana das Tor geschlossen hat, rennt er, ohne sich umzublicken, sofort zum Wohngebäude, er kann es kaum erwarten, sich über die Süßigkeiten und Leckereien herzumachen. Lewanas Mutter geht langsam die Straße entlang. Dann winkt die Frau dem vorbeituckernden Bus zu und läuft ihm nach.

Der Bus hält an der leeren Haltestelle, öffnet die hintere Tür und rattert geduldig auf der Stelle. Lewanas Mutter steigt ein und fährt zurück in ihr aufreibendes Leben.

Ende Mai kommen die regnerischen Tage. Es gießt auch ins Bettenzimmer. Dali hält Wache, die Kinder sollen sich nicht hinaufschleichen. Sie geht seufzend im Zimmer umher, stellt Eimer und Wannen auf, Wasser tropft von der Decke – der Regen scheint kein Ende zu nehmen.

Lela liebt es, dem Regen zuzuschauen. Sie sitzt am Fenster des Fernsehzimmers, die Kinder um sie herum, alle sehen hinaus. Der Wasserfall, der vom Himmel stürzt, droht die Straße zu überfluten. Das Internat steht auf einem leicht abschüssigen Gelände, oben von der Straße fließt das Wasser in Bächen herab durch das Tor, es rauscht in den Hof, teilt sich, fließt rechts und links um das Gebäude herum und schließt es ein.

An solchen Mainachmittagen, wenn es so aussieht, als wolle der Regen allen Schmutz auf einmal von der Kertsch-Straße abwaschen, wenn sich alle, einschließlich Dali, im Fernsehzimmer vor den beschlagenen Fensterscheiben versammelt haben und niemand Lust hat rauszugehen, macht sich etwas wie Gemütlichkeit breit, als wären sie alle eine große Familie und hätten doch ein schönes Zuhause.

Zizo und Madonna tauchen unangekündigt im Fernsehzimmer auf.

Die beiden Frauen sind durchgeregnet bis auf die

Knochen, mit ihren übergroßen Schenkeln und den kurzen, nassen Haaren ähneln sie abgespritzten Hennen.

Die amerikanische Familie habe den Wunsch geäußert, Irakli zu adoptieren, verkündet Zizo.

Sie lassen sich in die Sessel fallen. Irakli, der neben Lela auf dem Fensterbrett sitzt, wird knallrot. Dali beginnt leise zu weinen, vielleicht vor Freude oder weil ihr schon der Abschied von Irakli vor Augen steht. Die Kinder scharen sich um sie.

»Komm her, Irakli!«, ruft Zizo.

»Irakli ... War er nicht gerade noch da?« Dali lässt den Blick über die anwesenden Kinder schweifen.

Rot wie eine Tomate steigt Irakli vom Fensterbrett herunter. Am liebsten würde er sich verstecken, doch Lela gibt ihm einen Fußtritt – er soll sich gefälligst wie ein Mann benehmen und hingehen. Der Kreis öffnet sich, und Irakli erscheint. Lewana klopft ihm auf die Schulter:

»Adschesko dschusei ailafju!«, sagt Lewana, woraufhin die Kinder in Lachen ausbrechen. Alle schauen Irakli an, als sähen sie ihn zum ersten Mal, als hätte er bis dahin gar nicht existiert. Auch für Lela bekommt Iraklis Gesicht etwas Neues, erst jetzt scheint sie zu sehen, wer er in Wirklichkeit ist. Irakli setzt sich vorsichtig auf eine Sessellehne.

»Gratuliere!«, sagt Madonna in feierlichem Ton, aber auch ein wenig verwundert. Als könne sie es selbst kaum glauben. »Du weißt ja gar nicht, wie gut es das Schicksal mit dir meint! Dich erwartet ein tolles Leben, eine sagenhafte Zukunft!« Dann lüpft sie kurz ihren Hintern, um sich zu Zizo umzudrehen. »Verstehst du, was für ein Mordsglück er hat?«

Zizo lächelt mit ruhigem Gesicht, als hätte sie nie einen anderen Ausgang dieser Geschichte erwartet. Als hätte sie eine Verbindung zum Vater im Himmel gehabt, und dieser hätte ihr vorab die vertrauliche Nachricht offenbart.

»Was hast du damals gesagt? Fotografieren wir doch alle und schicken ihnen die Fotos, es kann ja nicht schaden! Du bist ein Ass, Zizo! Das gibt's doch gar nicht!« Madonna, die anfangs nicht so temperamentvoll schien, wendet sich nun an die Zuhörerschaft. Stella und Pako stehen in der ersten Reihe. »Stellt euch vor, wir hätten diese Fotos nicht geschickt, dann hätten sie vielleicht jemanden aus Jugoslawien adoptiert ... Sie haben ja eine gute Bekannte in Sarajevo, sie hat ihnen ein behindertes Kind versprochen, aus dem Krieg ... Nein, das ist wirklich unglaublich!«

Madonna hält einen Moment inne und fährt dann fort:

»Gut ... hätten sie Irakli nicht gesehen, sie hätten sich vielleicht für jemand anderes entschieden, wer weiß, aber es ist wirklich verrückt, nicht wahr? Und außerdem ... wie alt bist du denn eigentlich?« Sie dreht sich plötzlich zu Irakli um.

»Neun«, sagt Irakli.

»Siehst du?« Madonna dreht sich jetzt zu Dali. »Siehst du, sie haben ihre Meinung geändert!«

»Irakli, du hast den Amerikanern wirklich gefallen«, sagt die verweinte Dali und schaut zu ihm auf. Sie meint es ehrlich. Sie konnte sich nur mit Mühe beruhigen, und es fehlte nicht viel, und sie würde wieder in Tränen ausbrechen.

Zizo muss aufstehen, sie meint, jemand hätte einen fahren lassen, deswegen geht sie zum Fenster und stößt es weit auf. Das Prasseln und Rauschen des Regens dringt herein.

»Also, Hut ab! Du hast einen guten Riecher gehabt!« Zizo legt Lela die Hand auf die Schulter und drückt sie leicht, als wollte sie feststellen, ob Lela wirklich ein Lebewesen ist.

Madonna wühlt in ihrer Tasche, nimmt einen Zettel heraus, sie versucht sich zu fassen und mit ruhiger Stimme etwas vorzulesen, dabei wendet sie sich an die Anwesenden – und hat insbesondere Irakli und Zizo im Visier:

»Also, zu den Formalitäten: Wir brauchen zuerst diverse Angaben.« Dabei öffnet sie ihre Hand und beginnt zu zählen, nicht mit dem Zeigefinger wie Georgier es üblicherweise tun, sondern mit nach oben gestrecktem, abgewinkelten Daumen: »Erstens – wir brauchen ein ärztliches Attest, er muss sich durchchecken lassen, von Kopf bis Fuß, dann brauchen wir alle möglichen Papiere ... Nun, das kann ich auch mit Zizo allein durchgehen ... Dann brauchen wir einen Lebenslauf des Kindes und außerdem muss er uns aufschreiben, was er von der amerikanischen Familie erwartet.«

»Ich kann kein Amerikanisch«, sagt Irakli.

»Zunächst mal, das ist nicht Amerikanisch, sondern Englisch, dort spricht man Englisch, Mäuschen, aber das ist kein Problem, wir werden es übersetzen.«

Lewana meldet sich: »Georgisch-Schreiben wäre von ihm ganz schön viel verlangt, dafür ist aber Englisch voll seine Stärke, oder?« Er versetzt Irakli einen Stoß in die Seite. »Adschesko, dschusei, ailafju und so weiter, was sagst du dazu?« Die Kinder brechen in Gelächter aus. Irakli bekommt rote Ohren.

Madonna nimmt keine Notiz von Lewana. »Kurz und gut, das Kind muss bis September einen Pass und Papiere haben. Im September kommt die Familie für vier Tage angereist, mehr Zeit haben sie nicht ... Und dann nehmen sie ihn mit. Also, was steht hier ...« Madonna zückt den Zettel.

»Der Brief ist auf Englisch, ich versuche, ihn euch genau zu übersetzen: *»Liebe Madonna, liebe Zizo, herzlichen Dank für das Material, das Sie uns geschickt haben. Madonna hat Ihnen sicherlich schon von uns erzählt, aber wir wollen Ihnen trotzdem noch einmal versichern, dass unsere Familie sehr herzlich und fürsorglich ist ...* Nun, den Sinn verstehen wir ja.«

Madonna überspringt einige Stellen, die ihr uninteressant erscheinen, dann entdeckt sie einen Absatz, den sie nicht nur für vorlesenswert hält, sondern der echte Begeisterung bei ihr auslöst.

»Sie wissen bestimmt, dass es sehr schwierig ist, ein Kind auszuwählen.« Madonna liest still für sich weiter,

dann fährt sie laut und betont fort: »*Zuerst dachten wir, es wäre am besten, wenn das Kind nicht älter als sechs Jahre ist, den Kleineren fällt es leichter, sich zu integrieren und anzupassen, aber als wir Iraklis Foto gesehen haben, dieses feine Gesicht und diesen sensiblen Blick …*«

Plötzlich füllen sich Madonnas Augen mit Tränen. Mit dem Daumen und Zeigefinger zwickt sie sich in die Nase, als könnte sie damit die Tränen aufhalten, sie schließt die Augen, und ihr Kinn zittert vor Rührung. Doch sie nimmt sich zusammen und kommt mit tränenerstickter Stimme zum Ende.

»Also, sie meinen, das ist der wahre Grund, weshalb sie sich für Irakli entschieden haben.«

»Das ist ja ein Ding! Irakli! Deine Fresse hat voll reingehauen!«, feixt Lewana. Zizo wirft ihm einen durchdringenden Blick zu. Dali ist in Tränen aufgelöst, langsam entfaltet sie ein riesiges Taschentuch und trocknet sich damit das Gesicht.

Wie es scheint, sind die Helden des Internats nicht vom Aussterben bedroht. Auch Irakli muss ein solcher Held werden, jemand, der sogar Kirill und Ira abhängt.

Als der Himmel nach dem Regen aufklart, gehen Lela und Irakli in das Wärterhäuschen.

»He, freust du dich denn gar nicht?« Lela gibt ihm einen Klaps auf den Kopf. »Nimm mich doch mit! Oder hol mich meinetwegen nach! Pass bloß auf, dass dir diese ganze Sache mit Amerika nicht zu Kopf steigt, und werd bloß kein Arsch!« Lela lacht, und auch Irakli muss lachen.

Sie rauchen, und das Wärterhäuschen füllt sich mit Qualm. Lela steht auf, um das kleine Fenster zu öffnen.

»Lela«, sagt Irakli.

»Was denn? Immer dieses Lela, Lela, Lela ... In Amerika wird es deine Lela nicht mehr geben, und was dann? Mach dir bloß nicht in die Hose!« Sie rüttelt am Fenstergriff. »Und wenn, scheiß drauf! Ich gebe dir die Nummer von Schwarzenegger, du rufst ihn an und richtest ihm schöne Grüße von mir aus, verstanden?«

»Kommst du mit telefonieren?«

Lela hält inne und sieht Irakli ungläubig an.

»Lass uns zumindest mal anrufen ...«, sagt Irakli vorsichtig.

»Sag mal, ich glaub, du bist einfach nur dumm und dämlich! Fällt dir das eigentlich gar nicht auf? Mann! Du hast so ein Schwein, was musst du da noch anrufen ... Ich fass es nicht!«

»Und wenn sie doch zurückkommt?«, sagt Irakli ruhig.

»Sie kommt nicht, geht das nicht in deinen Schädel rein?« Sie will noch etwas sagen, überlegt es sich aber anders und schweigt.

Die Tür öffnet Msias dicke Tochter, und Lela überzeugt sich davon, dass der haarige Käfer immer noch auf der Wange des Mädchens festsitzt. Beim Anblick der Besucher verfinstert sich ihr Gesicht, und sie knallt ihnen, ohne ein Wort zu sagen, die Tür vor der Nase zu, als wäre eine Verschwörung im Gange. Lela und Irakli schauen einander verblüfft an. Lela läutet noch einmal. Diesmal öffnet Msia die Tür. Aus ihrem Gesicht ist das gewohnte Lächeln verschwunden, sie sieht die Kinder streng und kalt an.

»Hallo, Entschuldigung ... dürfen wir telefonieren?«, fragt Lela.

Die Frau scheint den Tränen nahe zu sein, Enttäuschung steht in ihrem Gesicht.

»Vielen Dank!«, stößt sie hervor. »Vielen Dank, dass ihr meine Gutmütigkeit so sehr zu schätzen wisst!« Msias Stimme zittert. »Ich hab euch immer reingelassen, als wäre es euer Zuhause, ich hab von euch nie was verlangt ... Ich hab euch so viel und so oft telefonieren lassen, wie ihr wolltet, und am Ende ist das euer Dank dafür! Sie haben uns das Telefon gesperrt, weil ihr ins Ausland telefoniert habt, und dazu noch ohne Vorwahl! Mein Mann musste hin, um zu bezahlen ... Er war müde, hatte den ganzen Tag gearbeitet ... Ich frag mich nur, warum? Wie kann dich ein Mensch, dem du hilfst, so betrügen?« Msia ist kurz davor, loszuweinen, und Lela sieht, dass das Käfermädchen hinter der Mutter steht, sich hinter deren Hüfte versteckt und nur mit einem Auge zu ihnen blickt.

Sie wissen nicht, was sie sagen sollen. Die Frau schließt die Tür. Irakli schleicht wie geprügelt zur Treppe, Lela bleibt verdattert stehen.

Plötzlich geht die Tür wieder auf, diesmal steckt das Mädchen mit dem Käfer die Nase ein wenig weiter heraus und fixiert die unerwünschten Besucher erneut. Aus der Wohnung ist Msias verärgerte Stimme zu hören:

»Mach die Tür zu, und komm da sofort weg!«

»Mama, sie sind immer noch da ...«

Türenknallen. Stille tritt ein. Kein Geräusch ist zu vernehmen.

Lela denkt eine Weile nach, dann geht sie zur Tür gegenüber und drückt auf die Klingel. Irakli wundert sich. In diese Wohnung sind neue Nachbarn eingezogen, eine Familie.

»Verzeihung, könnten wir bei Ihnen telefonieren? Wir sind Nachbarn, aus dem Internat, es ist dringend«, sagt Lela, als ein etwa zwölfjähriges Mädchen die Tür aufmacht.

»Unser Telefon funktioniert aber nicht ...« Das Mädchen verzieht etwas gekünstelt ihr Gesicht, als würde sie es wirklich bedauern.

»Ah so ... Entschuldigung«, entgegnet Lela, und die kleine Nachbarin schließt schnell die Tür, ohne sich von den beiden zu verabschieden.

»Wir sollten einen Moment warten, sie lügt«, meint Lela, und Irakli wundert sich wieder.

Sie stehen eine Weile da und warten schweigend. Dann läutet Lela wieder, und das Mädchen öffnet erneut die Tür.

»Hallo, es war gerade jemand da ... Er hat die Leitungen im Telefonhäuschen repariert, kannst du bitte nachsehen, euer Telefon müsste jetzt wieder funktionieren.«

Das Mädchen wirkt verlegen. Sie geht wieder in die

Wohnung, lässt die Tür offen und nimmt den Hörer auf dem kleinen Regal in der Diele ab.

»Oh, es geht wieder ...«, sagt sie ein wenig verstimmt und weiß nicht, wer besser gelogen hat, sie oder ihr Besuch.

Lela und Irakli gehen in die Wohnung. Das Mädchen verschwindet in ein anderes Zimmer, aus dem Fernsehgeräusche zu hören sind.

»Wer ist da?«, fragt eine Frauenstimme hinter der Tür.

»Das sind Debile. Sie wollen telefonieren«, antwortet das Mädchen.

Die Gastgeber verstummen, es sind nur die Geräusche des laufenden Fernsehers und ab und zu das Husten eines Mannes zu vernehmen.

Im Vergleich zu Msias Wohnung ist diese hier unaufgeräumt und durcheinander, sie wirkt düster, es gibt keinen Stuhl oder Hocker zum Hinsetzen, und es fehlt auch der frische Duft nach Gebackenem. Irakli faltet einen kleinen Zettel auseinander, auf dem die von Lela geschriebene Nummer steht.

Eine Frau hebt ab, sie spricht nur Griechisch, gereizt schreit sie in den Hörer:

»No Inga! Inga No! Inga dasnot lif hir enimor!«

Irakli ruft bei der Nachbarin Iwlita an. Sie weiß von nichts. Inga hat sich nicht bei ihr gemeldet. Iwlita vermutet, dass Inga vielleicht die Wohnung und die Arbeit gewechselt hat und sich von allein melden wird, sobald sie sich eingelebt hat.

Es steht fest. Irakli muss nach Amerika.

Später geht Lela noch einmal hinüber zu den Nachbarn, diesmal in ein anderes Treppenhaus – und ohne Irakli.

Marika öffnet, und als sie Lela sieht, wirkt sie erst einmal erstaunt.

»Wie geht's?« Marika lächelt sie an.

»Ich muss kurz was mit dir besprechen.«

Marika tritt ins Treppenhaus und schließt die Tür hinter sich, als hätte sie eine heimliche Affäre zu verbergen.

Lela nimmt den kleinen Zettel aus der Hosentasche, auf dem die Telefonnummer steht, und liest vor, was sie hingekritzelt hat.

»Sag mir, was das bedeutet: ›Inga dasnot lif hir enimor.‹«

Marika versucht die Wörter auf Lelas Zettel zu entziffern:

»Inga wohnt hier nicht mehr?«

Lela denkt einen Moment nach.

»Du kennst doch Irakli, oder? Eine tolle Sache – Amerikaner haben ihn adoptiert und wollen ihn mitnehmen. Im September holen sie ihn ab.«

Marika bekommt große Augen.

»Was?«

»Ja, und worum ich dich bitten wollte …«, fährt Lela sachlich fort, »kannst du ihm nicht ein paar englische Wörter beibringen, du kannst doch Englisch …«

Marika wirkt ein wenig unsicher: »Ich kann nicht so

gut Englisch, ich nehme nur Unterricht ... Es ist besser, er geht zu einem richtigen Lehrer ...«

»Für uns bist du der richtige Lehrer. Wir können auch was zahlen. Das ist nicht das Problem. Was bezahlst du denn für deinen Unterricht?«

Marika windet sich.

»Ich zahle monatlich, gehe zweimal in der Woche hin ...«

»Gut, wir werden auch monatlich zahlen und zweimal in der Woche kommen. Oder du kommst zu uns – das geht auch, ich hab jetzt ein eigenes Zimmer. Bring ihm einfach ein, zwei Wörter bei, damit er etwas kann, wenn er in Amerika ankommt.«

Marika druckst wieder herum.

»Ah ... ich weiß nicht, ich habe selber kaum Zeit, dieses Jahr hab ich Aufnahmeprüfung ...«

»Wir geben dir Geld ... Wie viel bezahlst du denn monatlich?«

Marika überlegt kurz.

»Das Geld haben wir wirklich! Ich arbeite ja ... auf dem Parkplatz ... Es ist nicht viel, aber es könnte vielleicht reichen.«

»Ich weiß nicht ... Ich zahle vierzig Lari, es ist ein Bekannter ... Wie wäre es mit der Hälfte?«

»Zwanzig?«

Plötzlich verstummen die Mädchen und blicken einander ins Gesicht. Lela überrascht die Vorstellung, dass dieses Mädchen ihr einmal die Hand in die Unterhose steckte und Lela es auch bei ihr tat.

Die Nachbarin Tina kommt langsam und keuchend die Treppe herauf. Lela macht ihr Platz, Marika begrüßt sie. Tina blickt das Nachbarsmädchen argwöhnisch an, als gefalle ihr nicht, dass Marika im Treppenhaus herumsteht und sich mit einer aus dem Internat abgibt. Als Tina weitergegangen ist, seufzt Marika tief, als hätte sie das Verhandeln satt.

»Und? Passt es dir oder nicht?«

»Ja, zwanzig passt uns«, bestätigt Lela.

»Gut. Also, ich komme zweimal in der Woche, aber mittags, denn an den Abenden hab ich meine Kurse.«

»Gut. Vielleicht wäre es besser, nach jeder Stunde abzurechnen.«

»Na ja, dann besser wöchentlich, fünf Lari pro Woche, abgemacht?« Marika geht zur Tür.

»Danke! Wann kommst du?«

»Morgen um zwei.«

»Gut«, sagt Lela, dreht sich um und läuft die Treppe hinunter.

»Warte ...« Marika fällt noch etwas ein. Sie beugt sich über das Treppengeländer und sieht zu Lela hinunter. »Kann er denn überhaupt lernen?«

Einen Augenblick lang denkt Lela nach, dann ruft sie zu Marika hoch:

»Ja, kann er!«

Am Tag darauf kommt Marika in Lelas Wärterhäuschen. Irakli sitzt aufrecht am Tisch, vor sich hat er ein Heft und einen am oberen Ende angeknabberten Stift liegen. Marika setzt sich ihm gegenüber.

»Hello!«, sagt sie und schaut Irakli prüfend an.

Irakli muss wiederum Lela ansehen, als bräuchte er Hilfe. Aber Lela zuckt mit den Achseln.

»›Hello‹ sagt man zur Begrüßung. Ab jetzt werden wir uns auf Englisch begrüßen und auf Englisch verabschieden, okay?«

»›Okay‹ kenn ich.«

»Sehr gut. Dann begrüße ich dich jetzt, und du begrüßt mich auch.«

Irakli nickt.

»Hellooo!«, sagt Marika.

»Hellooo«, wiederholt Irakli.

»Perfect«, sagt Marika und erklärt Irakli die Bedeutung dieses Wortes.

Lela hört beim Unterricht zu. Irakli lernt ein paar englische Wörter und schreibt sie in sein Heft. Dabei stellt sich heraus, dass er manche der georgischen Buchstaben vergessen hat oder nicht weiß, wie man sie schreibt. Marika ändert ihre Methode und lässt Irakli das georgische Alphabet aufschreiben. Lela findet das nicht toll, doch Marika meint, es sei ein Ding der Unmöglichkeit, eine andere Sprache zu erlernen, wenn man nicht zumindest in seiner eigenen schreiben kann.

»So wird es ihm sehr schwerfallen, er kann ja gar nichts aufschreiben und muss alles im Kopf behalten … Das ist keine gute Idee«, sagt Marika besorgt und kratzt sich ihre längliche, sommersprossige Nase.

Irakli schreibt also mit Marikas Hilfe die dreiunddreißig Buchstaben des georgischen Alphabets in sein Heft, und am Ende, als er das ჰ zeichnet und Marika seine kleine Hand berührt, um mit ihm diesen letzten und großzügigsten Buchstaben des georgischen Alphabets zu malen, sieht sie, dass Irakli völlig erschöpft ist. Er klagt über Kopfschmerzen. Der Unterricht ist zu Ende, und Lela gibt Marika die vereinbarten fünf Lari.

Die Kinder sind um das Wärterhäuschen versammelt, und als Marika herauskommt, verkündet Lewana laut:

»Adschesko, dschusei, ailafju!«

Die Kinder lachen. Auch Marika muss lachen.

»Doch nicht so ... Das geht anders: I just called to say I love you ...«

»Was?! Welches Schwein merkt sich denn so was!« Lewana schlägt sich leicht theatralisch mit der Hand an die Stirn, kein Zweifel – er ist in Marika verknallt.

»Weißt du denn, was das heißt?«, fragt ihn Marika.

Lewana läuft rot an, aber er schafft es dennoch zu parieren:

»Ja, klar weiß ich, was das heißt! *Ihr könnt mich mal alle,* oder?« Die Kinder brüllen vor Freude.

»Nein, ganz falsch«, meint Marika. »Das heißt ... ›Ich hab dich angerufen, um dir zu sagen, dass ich dich liebe!‹«

Marikas Wörter machen Furore. Die Kinder lachen wie verrückt, Lewana aber verzieht wieder demonstrativ das Gesicht, als hätte er in etwas Saures gebissen.

»So, Schluss jetzt! Verschwindet!« Lela kommt aus dem Wärterhäuschen und treibt die Kinder auseinander. »Los, verzieh dich und lass das Mädchen in Ruhe, verstanden?!«, ruft sie Lewana zu.

»Lass ihn nur, er stört mich nicht«, nimmt Marika ihn in Schutz.

»In Ruhe lassen, wie denn? Wenn sie mir sagt, dass sie mich liebt?«

Marika geht, und in diesem Augenblick läutet die schrille Glocke des Speisesaals, und alle, auch Lela und Irakli rennen, und Irakli muss noch einmal wiederholen:

»Pörfekt.«

Wieder gibt es falsche Frikadelle zum Mittagessen. In einem Drei-Liter-Einweckglas gibt es eine Soße dazu – Tomatenmark mit Leitungswasser und grob gehackten Zwiebeln. Die Kinder stürzen sich auf das Glas und kippen die Soße direkt auf ihre Teller. Manchen schwappt zu viel heraus, sie schreien und versuchen einander das Glas aus den Händen zu reißen. Lela rührt weder die Kartoffeln noch die Soße an, sie schnappt sich eine Frikadelle und verschlingt sie.

Als sie aus dem Speisesaal tritt, zündet sie sich eine Zigarette an. Sie raucht und schlendert auf dem ausgetretenen Pfad am Birnenfeld entlang zum Wohnhaus. Gelangweilt geht sie um das Gebäude herum und kommt zur Treppe am Eingang. Kein Mensch zu sehen. Alle sind noch im Speisesaal.

Lela beschließt, im Bettenzimmer nachzuschauen. Schon von weitem erkennt sie, dass die Tür halb offen steht. Als sie eintritt, sieht sie Waska am Rand des eingestürzten Balkons stehen. Er bemerkt Lela nicht. Sie wollte ihn nicht erschrecken, doch als sie Waska so allein dastehen sieht, pirscht sie sich an ihn heran, packt ihn mit beiden Händen und rüttelt ihn, als wollte sie ihn hinauswerfen.

Zu Tode erschrocken, macht Waska unwillkürlich eine seltsame Bewegung, er breitet seine Arme aus, als wollte er gleich losfliegen, dann aber, als hätte er es sich anders überlegt, versucht er nur das Gleichgewicht zu halten. Er dreht sich um, und die beiden stürzen sich mit erhobenen Armen aufeinander wie im Kampfring. Es scheint, als würde Waska gleich losheulen, sein Gesicht lodert auf wie eine Flamme. Nach hartem Ringen gehen ihnen die Kräfte aus, und wie auf den Schlusspfiff eines Schiedsrichters lassen sie gleichzeitig voneinander ab. Sie fallen auf die Betten und keuchen.

»Na, Schiss gehabt?«

Waska keucht und streicht sein Hemd glatt.

»Was gibt's denn da zu sehen? Willst du runterfallen und dir das Genick brechen? Wieso kommst du überhaupt her? Wer hat dir erlaubt, die Tür aufzuschließen?«

»Es war offen«, sagt Waska und schaut Lela völlig ruhig an. Das friedliche Lächeln ist auf sein Gesicht zurückgekehrt.

»War offen?«, wiederholt Lela, als wunderte sie das. »Verarsch mich nicht!«

»Ja, es war offen.«

»Es war kein Schloss dran?«

»Nein.«

Sein Lächeln geht ihr auf die Nerven.

»Und was grinst du dann so?«

»Ich?«

»Wer denn sonst! Du Wichser ... geh essen, sonst bleibt nichts mehr übrig für dich.«

»Hab keinen Hunger«, entgegnet Waska.

»He, Alter ... was bist du bloß für einer? Bist du nun ein Debiler oder doch nicht?«

»Ich?«

»Ja, du, wer denn sonst!«

Waska verstummt, dann kehrt er Lela den Rücken zu und geht. Lela folgt ihm mit dem Blick, es ärgert sie, dass Waska sie ohne eine Antwort zurücklässt:

»He, Wichser, wenn ich dich noch mal erwische, schmeiß ich dich runter, kapiert?«

Waska antwortet nicht und verschwindet im Gang.

6

Bis zum Winter bring ich ihn um, denkt Lela. Noch ist Sommer. Ich hab Zeit. Aber über den Winter schieb ich es nicht auf. Im September ist Irakli weg. Wenn er geht, bring ich Wano um. Über den Winter darf ich es nicht mehr aufschieben. Wenn ich es dann nicht tue, schaff ich es nicht mehr. Er könnte auch von allein sterben, er ist ja schon alt. Dieser Gedanke macht ihr Angst, wieder verspricht sie sich, Wano nicht eines natürlichen Todes sterben zu lassen.

Es ist ein sonniger Tag. Ein leichter, angenehmer Wind weht. Lela ist die Feuertreppe hinaufgestiegen und sitzt oben auf der Plattform. Sie erinnert sich an den Winter, als sie aus dem Nachbarhof Brennholz gestohlen haben. Der Besitzer hat Lela damals im Schuppen erwischt. Und mit ihr alle anderen: Irakli, Lewana und Waska. Er wurde richtig böse, sperrte die Schuppentür zu, drohte mit der Miliz und schüttelte einige von ihnen heftig. Irakli fing an zu weinen. Lewana verschlug es die Sprache. Waska nahm all seine Kräfte zusammen und schaffte es, dem wütenden Nachbarn klarzumachen, sie hätten gerade die letzten Schuhe im Ofen verbrannt, es sei trotzdem viel zu kalt gewesen, und deshalb hätten sie Brennholz stehlen müssen. Waskas Worte wirkten – der Nachbar, ein stämmiger, grantiger Mann, der ungern aufschaute und in niemandem den Wunsch weckte, ihn anzusprechen, wurde weich. Er machte die Schuppentür weit auf, und Mondlicht flutete in den Raum. Aufmerksam betrachtete er die Kinder, die ängstlich auf dem Lichtstreifen standen. Draußen wartete seine Frau, eine Öllampe in der Hand, den Schal hastig übergeworfen – ihr fleißiger Mann hätte ja auch auf viel gefährlichere Diebe stoßen können, da sollte er jemanden in der Nähe haben, der ihm zumindest mit lautem Geschrei zu Hilfe kam. Der Mann packte den Kindern gute, trockene Holzscheite in die ausgestreckten Arme, so viel sie nur tragen konnten, und schickte sie kopfschüttelnd fort. Wer weiß, welchen Gedanken er nachhing, vielleicht tadelte er im Herzen die kleinen Diebe, oder ihn bekümmerte ihr Schicksal.

Als sie durch das Loch im Zaun geklettert waren und sich auf dem Internatsgelände in Sicherheit fühlten, ließen sie das Holz zu Boden fallen und atmeten durch. Beim Zaun wartete Stella auf die Kinder, sie hatte das Gebrüll des Nachbarn gehört und schluchzte leise vor sich hin.

In dieser Nacht hatten sie es warm. Und auch Lela begegnete Waska wärmer als sonst. Sie sagte nichts zu ihm. Sie lachte ihn auch nicht aus. Sie ließ ihn am Ofen sitzen und erzählen.

Diesen Winter bleib ich nicht mehr hier, denkt Lela und wärmt sich in der Sonne. Wenn sie Wano umgebracht hat, wird sie alles stehen und liegen lassen und gehen. Vielleicht hinauf nach Lotkini, zu den früheren Internatsbewohnern. Dort leben Zigeuner, manche kennt sie. Bei ihnen könnte sie eine Weile bleiben. Sie kann auch Jana suchen, auf der Mardschanischwili-

Straße. Wenn nichts klappt, könnte sie schließlich zum Bahnhof gehen und den Zug nach Westen nehmen. Sie könnte nach Batumi fahren und sich nach Marcel erkundigen. Wahrscheinlich haben sie dort schon alle Angst vor Marcel. Sie würde ihn finden, er würde sich vielleicht an sie erinnern. Dann würde sie ans Meer gehen. Bei diesem Gedanken durchläuft Lelas Körper ein wohliges Kribbeln. Sie kann nicht schwimmen, aber sie wird es lernen.

Im Garten des ehemaligen Parkplatzwärters und Nachbarn Tariela wächst ein Kirschbaum, der für gewöhnlich Ende Juni Früchte trägt. Schon vorher von den langsam rot werdenden Kirschen zu kosten, erlaubt sich Tariela nicht. Bis auf wenige, die er zum Naschen und zum Einlegen zurückbehält, verkauft er sie in Eimern vor seinem Haus. Er schleppt einen alten Holztisch aus dem Hof, stellt ihn an den Straßenrand und setzt sich daneben. Wenn es sehr heiß ist, steckt er drei Stöcke in die Erde und spannt ein Baumwolllaken auf, das Veilchen ausgemustert hat. Mit dem Preis geht er nur ungern runter – höchstens für jemanden, der im Auto anhält, unterwegs von irgendwo weither. Preisnachlass für Nachbarn gibt er nie.

Wegen dieses Kirschbaums hat es im Bezirk schon viel Ärger gegeben. Tariela konnte sich die Kinder nicht vom Hals halten. Er legte sich einen bissigen Hund zu. Doch ein Kind gab dem Hund Fleisch mit einer darin versteckten Nadel zu fressen, und das Tier verendete vor Tarielas Augen im Hof. Einmal war Tariela angeblich mit dem Jagdgewehr aus dem Haus gelaufen und hatte Schüsse in die Luft abgegeben, um Diebe zu vertreiben. Vor Schreck soll ein Nachbarskind vom Baum gefallen sein, es brach sich beide Beine. Seit diesem Tag fleht Tarielas Frau ihren Mann an, den Baum zu fällen, aber Tariela gibt nicht nach, er wartet geduldig, dass die zwischen den länglichen Blättern hervorsprießenden Kirschbündel wachsen und Farbe annehmen.

»Lela, die Kirschen sind schon reif«, sagt Irakli. Sie gehen an Tarielas Zaun entlang. Eigentlich wollen sie im oberen Kiosk, bei der alten Frau, Zigaretten kaufen.

»Wenn sie reif sind, wird sich ihr Besitzer schon kümmern, sie bleiben nicht ungegessen«, antwortet Lela.

Iraklis Blick bleibt sehnsüchtig an den raschelnden Zweigen hängen. Leichter Wind schaukelt die Äste, von Zeit zu Zeit lichten sich die grünen, dichten Blätter, und ein rotes Kirschbündel wird sichtbar.

»Morgen, spätestens übermorgen wird Tariela die Kirschen pflücken«, sagt Irakli, fast mit Bedauern.

Im Schatten des Maulbeerbaums sitzt niemand mehr. Die alten Frauen weichen der Mittagshitze aus, sie gehen in ihren gekehrten und aufgeräumten Höfen umher und wagen keinen Schritt aus dem Schatten zu tun. Wenn sie doch einmal aus dem Hof auf die Straße hinaustreten, so nur, um vor dem eigenen Tor Wasser auf den Asphalt oder die festgestampfte Erde zu schütten, damit der Staub sich legt und die Gegend abkühlt. Danach verschwinden sie schnell wieder in den eigenen Höfen.

»Lela, wie soll ich nach Amerika gehen ... ohne vorher von Tarielas Kirschen gekostet zu haben!«

»Pass auf, dass du nicht was ganz anderes zu kosten bekommst!«, sagt Lela.

Am Abend beordert sie Irakli, Lewana, Waska und Stella in ihr Wärterhäuschen und weiht sie in ihren Plan ein: Sie werden Tarielas Kirschen stehlen. Treffpunkt nachts um drei Uhr im Wärterhäuschen. Stella, überglücklich, will vor Freude jedem um den Hals fallen und ist überall im Weg. Waska wundert sich, dass Lela sie zum Kirschenstehlen mitnimmt, sagt aber nichts.

Tariela besitzt wieder einen Hund, eine unbekannte Rasse, ein riesiges Zotteltier mit großem Kopf und großen Pfoten, einer breiten Schnauze und sanftmütigen, verklebten Augen unter hängenden Lidern – Botschka, Fässchen. Der Hund scheint selbst zu wissen, dass Tariela ihn für einen Nichtsnutz hält. Er läuft aus dem Hof und mischt sich unter die streunenden Straßenköter, draußen auf der Straße kennt er jeden, und auch die Internatskinder sind ihm bekannt und vertraut. Er tut niemandem etwas zuleide, die frechen Katzen scharwenzeln im Hof vor ihm herum, er aber liegt ruhig in der Sonne und reagiert nicht. Nur einmal ist es vorgekommen, dass er Vater Jakob anknurrte und ihn am Priesterrock zerrte. Tariela zog Botschka damals den Stock über und schimpfte, dass er nicht zwischen Freund und Feind unterscheiden könne.

Stella schläft noch halb, als Lela sie abholen will, augenblicklich springt sie wie ein Soldat aus dem Bett. Sie hat in Kleidern geschlafen, um sich gleich beim Aufwachen in den Dienst der gemeinsamen Sache zu stellen.

Irakli, Lewana und Waska warten im Wärterhäuschen. Alle vertrauen der kleinen Stella. Sie ist treu und petzt nie. Auch wenn man sie ärgert – sie verrät einen nicht. Es ist dunkel, und die Kinder schalten das Licht nicht ein, um keine Aufmerksamkeit zu erregen.

Sie schleichen sich aus dem Internatshof, es ist Vollmond und fast so heiß wie am Tag. Die eigenen Schatten, gestreckte, schwarze Gestalten, folgen den Kindern. Sie drücken sich am Rand entlang, als wollten sie ihnen ausweichen, aber der Mond lässt die nächtlichen Wanderer nicht allein und gibt ihnen die Schatten als Nachtwächter mit. Der Wind streift durch die Zweige über dem Zaun. Bei Tarielas Tor bleiben sie stehen. Lela stemmt sich über den Holzzaun, mit einem Schnalzen ruft sie den Hund zu sich.

»Botschka …«

Leichtgläubig und schwanzwedelnd trottet der dumme Botschka zum Zaun. Lela lässt sich auf den Boden hinab und öffnet das mit Draht von innen verschlossene Tor.

Botschka streckt seine Schnauze heraus, Lela fährt ihm zärtlich mit der Hand über den Kopf, dann nimmt Stella den Hund, der größer ist als sie, am Halsband und zieht ihn weg.

»Botschka, komm mal her, komm ...«, säuselt sie ihm zärtlich zu und knüpft ein Seil an sein Halsband, Irakli hilft ihr.

»So ein Ding! Der soll Fässchen heißen und Tarielas rundliche Frau Veilchen – wo bleibt da die Gerechtigkeit!«, meint Lewana. Die Kinder prusten los. Stellas Gesicht leuchtet auf, sie zieht ihre gebogenen Augenbrauen hoch, sperrt den Mund weit auf und lacht lautlos.

»Bring ihn weit weg ... Aber nicht bei Suliko vorbei, sonst geht das Gebell wieder los, verstanden?«, sagt Lela.

»Ist gut, ist gut«, flüstert Stella und läuft mit Botschka die mondbeschienene Straße hinunter. Sie schaut nicht zurück, hält den Hund fest am Halsband. Sie weiß, wer und was man ihr anvertraut hat, und ist sich ihrer Verantwortung bewusst. Stella überquert die Fahrbahn und geht mit schnellen Schritten weiter. Sie trägt keine Strumpfhose mehr, der Rüschenrock, den Nona ihr geschenkt hat, flattert um ihre Beine. Kein Mensch ist unterwegs, der sich über die Freundschaft zwischen Stella und dem riesigen Botschka hätte wundern können. Botschka ist glücklich, er winselt und freut sich über den nächtlichen Spaziergang.

Lela betritt Tarielas Anwesen. Sie gibt den Jungs Zeichen.

»Spuckt die Kerne so aus, dass sie nicht aufs Garagendach fallen, verstanden?!«, flüstert sie.

Die Jungs nicken.

»Wenn ich pfeife, heißt das: sofort abhauen«, Lela

steckt ihr T-Shirt in die Hose. Dann zieht sie den Gürtel fest. Die Jungs machen es ihr nach.

»Zuerst sammeln wir welche für Stella, ja?« Irakli zieht sein T-Shirt lang – er prüft, ob es hält.

»Es wird ein bisschen viel für Stella, wenn wir die alle für sie sammeln ... Sie kriegt Dünnschiss«, flüstert Lewana voller Ernst, und wieder können sie sich das Prusten nicht verkneifen. Lela funkelt Lewana an.

»Halt die Klappe!«

Lela verschließt das Tor. Ihre Augen haben sich an die Dunkelheit gewöhnt, sie kann jetzt den Hof überblicken, wie geputzt und aufgeräumt er ist, das einfache alte Backsteinhaus mit der Glastür, hinter der ein Vorhang hängt. In einem Zimmer brennt noch Licht.

Zuerst lässt sie Irakli, den kleinsten, auf den Baum klettern. Sie und Waska machen ihm mit den Händen eine Räuberleiter. Irakli schwingt sich geschickt auf den Baum und verschwindet in der Dunkelheit im Dickicht der Äste. Dann macht Lela Lewana ein Zeichen, und auch er steigt vorsichtig in die verschränkten Hände seiner Internatskameraden. Er schwingt sich flink hinauf, umklammert den Stamm, schmiegt sich an ihn und kriecht höher und höher, dann wird auch er von der Schwärze der Äste verschluckt.

Unten auf der Erde bleiben Lela und Waska zurück.

»Steig du zuerst hinauf ... Erst sind die Kleinen dran«, sagt Lela leise, und es kommt ihr vor, als lächelte Waska.

»Steig du rauf ...«, flüstert Waska, kniet sich hin und dreht Lela den Rücken zu.

Einen Augenblick lang zögert Lela, dann aber steigt sie auf die Schultern des Jungen und erklimmt den Stamm. Sie legt ihre Wange an die raue Rinde, schließt einen Augenblick lang die Augen und hält inne. Sie umarmt den Baum, als wäre er ein Lebewesen und sie würden einander nach langer Trennung zum ersten Mal wiedersehen. Nur dass der Kirschbaum noch immer so dasteht, sich nicht bewegt, als ließe ihn dieses Treffen schüchtern verstummen, nur der leichte Wind zaust seine Zweige. Waska, allein zurückgeblieben, umklammert den Baumstamm mit Armen und Beinen und klettert ebenfalls langsam hinauf.

Unter der Last der Diebe wankt der Kirschbaum leicht, steht aber trotzdem fest und treu auf der Erde. Wie eine Mutter empfängt er die hungrig nach Hause gekommenen Kinder, liebkost sie, nimmt sie sanft auf den Schoß, flüstert ihnen so leise zu, dass kein Nachbar und kein böses Auge geweckt wird. Die Blätter rauschen, und wenn ein Ast unter den Füßen knackst, erstarren alle vor Schreck und halten in Erwartung eines Unheils den Atem an, aber es ist nichts zu hören, außer dem Gezank und Gezirp der Grillen am Zaun.

Sie reißen ganze Kirschbündel samt Blättern ab und stopfen sie unter ihr T-Shirt. Ein Kirschkern schlägt unten auf dem Schieferdach auf. Wieder erstarren alle, wieder geschieht nichts. Lela klettert auf den Ast hinaus und versucht, einen von Früchten schweren Zweig zu erwischen, den hat aber schon Waska gepackt. Sie sehen sich an. Er lehnt sich an den Zweig, versucht ihn in Lelas

Richtung zu biegen, ihn ihr zu reichen. Mit einer Hand zieht Lela den Zweig zu sich, aber er ist widerständiger als erwartet. Waska packt ihn mit beiden Händen, hält ihn fest und lässt Lela pflücken. Lela beeilt sich nicht, sie pflückt die Kirschen ab, kostet sie, spuckt die Kerne weit weg, damit sie nicht auf dem Garagendach landen. Im Mondlicht versucht sie, Waskas Gesicht zu erkennen. Dann zielt sie auf ihn, schießt die Kerne mit dem Mund, als pustete sie ihm ins Gesicht. Waska neigt kaum merklich den Kopf, um auszuweichen, und sagt nichts. Einen Augenblick lang verliert sie Waskas Gesicht im Schatten der Blätter, dann findet sie es wieder – seine schimmernden Augen sind auf sie gerichtet. Lela lässt den Zweig nicht los, als wollte sie Waskas Ausdauer prüfen, und pflückt ihn ratzekahl leer. Dann klettert sie weiter. Waska wartet. Am Ende zieht sie einen schwachen, gertendünnen und geschmeidigen Zweig zu sich heran und lässt ihn los. Er saust Waska ins Gesicht, doch er fängt ihn mit der Hand ab.

Leise schlüpfen sie aus dem Tor. Die mit Kirschen gefüllten T-Shirts blähen sich wie Bäuche nach einem Trinkgelage.

Auf der anderen Straßenseite geht Stella mit Botschka auf und ab. Als sie die Freunde erblickt, steuert sie herüber. Der Mond beleuchtet die Umgebung taghell. Stella löst das Seil vom Halsband des Hundes, streichelt ihn und lässt ihn durch das offene Tor hinein.

»Machs gut, Botschka«, flüstert sie.

Nach dem nächtlichen Beutezug steigen sie die eiserne Feuertreppe hinauf. Sie setzen sich auf die Plattform oder nehmen auf den Stufen Platz. Stella schürzt ihren rosafarbenen Rock, und Lela schüttet ihr die gesammelten Kirschen hinein. Stellas Augen leuchten.

»Botschka hat sich benommen, er hat keinen Mucks gemacht«, sagt Stella stolz und spuckt die Kerne zu den Tannen hinüber.

»Er ist halt klug. Im Gegensatz zu Waska«, sagt Lela. »Zuerst hat dieser Trottel einen Ast abgebrochen, und dann hat er seine Kerne aufs Garagendach gespuckt.«

Alle lachen.

»Man hat immer Scheiß an der Hacke, wenn man ihn mitnimmt.«

»Irakli, wenn du nach Amerika gehst, wirst du dann oft an uns denken?«, fragt Stella plötzlich.

»Ja, er wird vor Sehnsucht sterben!«, meint Lewana. »Er wird oft weinen: Ich will zu Stella, zu Stellaa ...«

Stella bricht in Lachen aus.

»Irgendwie kann ich mir Amerika nicht vorstellen ... Ich glaube, das gibt es gar nicht ...«, sagt Irakli gedankenversunken.

»Ach, wenn du glaubst, dich veräppelt die Birne: Äpfel sind Äpfel und Birnen sind Birnen!« Lewana, auf der Wendeltreppe sitzend, krümmt sich vor Lachen.

»Du wirst wohl nie müde, was?!« Lela schaut ihn mitleidig an.

»Ich doch nicht! ... Lela, lass mich auch Englischunterricht nehmen, du wirst Augen machen, wie gut ich bin. Du, Stella ...« Lewana fällt noch etwas ein und er gibt Stella einen Stoß: »Sag mal, wo willst du denn arbeiten, wenn du groß bist?«

»Oh ... jetzt will ich nicht ...« Stella schämt sich.

»Nerv sie nicht ständig damit, nur weil sie das einmal gesagt hat!«, sagt Waska.

»Ach komm, Stella, sag es Lela ... Lela will es auch wissen!«, ermuntert Lewana sie.

»Na, wo schon ...«, Stella atmet tief ein, »in der Lehranstalt für Leichtindustrie.«

Die Jungs lachen wie verrückt. Stella ist beleidigt.

»Wie kommst du denn darauf, Stella?«, fragt Lela ernst.

»Manno ...« Stella ist wieder beleidigt und weicht der Antwort aus.

»Dali hat mal von einem Mädchen erzählt, das hatte keine Eltern und wurde in die Lehranstalt für Leichtindustrie aufgenommen, und die da ist doch ein Papagei und muss alles nachplappern ...« Lewana gibt Stella einen leichten Klaps auf die Stirn.

»Hee ...«, schreit Stella. »Ich bin kein Papagei ... Er ist selber einer! Lela, sag ihm das doch ...«

»Ja ja, schon gut, schrei nicht so«, beruhigt Lela die Kleine.

»Du, Stella ...« Lewana lässt nicht locker. »Stella, weißt du, Mädel, wie die Lehranstalt in Wirklichkeit heißt? Na, wie wohl? Lehranstalt für leichte Mädel.«

Jetzt lachen alle hysterisch los, außer Stella. Sie schaut sich hilflos um.

»Schlampen arbeiten dort«, erklärt Lewana.

»Nein!« Stella ist verzweifelt. »Lela, sag ihm, dass das nicht wahr ist!«

»Schon gut, es ist nicht wahr«, beruhigt Lela sie erneut.

»Stellalein!«, kichert Lewana wieder. »Mädel, mach uns keine Schande, werd bloß kein leichtes Mädchen, wie soll sich Irakli denn sonst in Amerika blicken lassen!«

»Halt die Klappe!« Stella verliert die Geduld und brüllt ihn an. »Hau ab, verschwinde, du Zirkusclown!«

Mit zusammengepressten Lippen und aufgerissenen Augen ist Stella bereit zum nächsten Angriff, aber Lewana reizt sie nicht mehr, er schlägt zufrieden die Hände zusammen und lacht laut auf, als freute er sich, Stella endlich aus der Fassung gebracht zu haben.

Am nächsten Tag trifft im Internat die Nachricht ein, dass Botschka tot ist. Tariela hat ihn am Morgen mit seiner Flinte erschossen. Auf einem Handkarren schiebt er ihn durch die Gegend, er hat eine Schaufel über das tote Tier gelegt.

Lela geht zu ihm und bietet an, den Hund zu beerdigen. Tariela mustert sie misstrauisch, als wäre er über Nacht gealtert und erkennte sie nicht wieder, dann aber überlässt er ihr die Schubkarre: »Bring sie wieder zurück. Und verliert mir die Schaufel nicht.«

Auf einem kleinen Hügel zwischen Badehaus und Sportplatz heben ihm die Verbündeten seiner letzten

Nacht ein Grab aus. Auch die anderen Internatskinder sind anwesend und folgen stumm der Beerdigung des bestraften Botschka. Als die Jungs die Erde auf dem Grab festgestampft haben, legt Stella gelben Hahnenfuß und abgeblasene Pusteblumen auf Botschkas Grab. Als wäre sie auf einmal erwachsen geworden und hätte ein schreckliches Geheimnis begriffen, schaut sie verweint in die Ferne, von Zeit zu Zeit streicht sie ihre ins Gesicht fallenden Haare zurück und schnieft. Irakli, Lewana und Waska sitzen da, auf dem Hügel, mit müden Gesichtern und erdigen Händen.

Lela bringt Tariela wie versprochen die Schubkarre zurück. Niemand hat Lust, sie zu begleiten. Sie nimmt Stella mit. Als sie auf die Straße treten, packt Lela plötzlich die traurige Kleine und setzt sie in die Schubkarre. Sie drückt ihr die Schaufel in die Hand und rast los, Stella purzelt fast hintenüber, hält sich fest. Ihre tränenstarren Augen füllen sich wieder mit Leben. Sie lacht. Wie sie so in der Schubkarre hockt, gleicht sie einem Indianer im Kanu, der sich mit dem Paddel einen Weg durch den tosenden Fluss bahnt.

Gegen den Strom zu schwimmen scheint anstrengend zu sein. Stella steigt aus dem Boot, und jetzt wandern beide den Kertsch-Straßen-Fluss stromaufwärts. Es ist heiß. Der Himmel hat sich bezogen, die Sonne ist verschwunden, und es fehlt Luft, als drückten Himmel und Wolken auf die Erde und vertrieben die letzten Vögel aus dem Himmelsgewölbe.

»Es wird regnen«, sagt Lela und schaut den in Bodennähe fliegenden Spatzen zu, wie sie einen Bogen über dem Asphalt ziehen, sich auf den Boden setzen, um sekundenschnell, Verschwörern gleich, zu beratschlagen und dann wieder gemeinsam aufzufliegen und auf eine andere, hoffnungsreichere Gegend zuzusteuern.

Beim Tor wartet Tarielas Frau. Veilchen nimmt die Schubkarre und die Schaufel wortlos entgegen und gibt Lela zwei Lari dafür.

»Nein danke«, sagt Lela.

»Nein danke«, wiederholt Stella.

Die Frau mustert die beiden einen Moment, dann tritt sie wortlos in den Hof und schließt das Tor.

Auf dem Rückweg erwischt sie der Regen. In der Nähe blitzt es, der Himmel donnert. Sie rennen. Stella packt Lelas Hand, aber Lela befreit sich, sie läuft lieber allein – wie die Vögel beim gemeinsamen Überflug, wenn doch jeder für sich fliegt.

Völlig durchnässt stürmen sie ins Internatsgebäude. Die Gänge sind ausgestorben.

»Ich wette, sie sind im Bettenzimmer!«, meint Stella ärgerlich.

Sie rennen hinauf. Stella will mithalten, springt die Stufen hinauf, keucht, es gefällt ihr, dass sie gemeinsam mit Lela für Ordnung sorgen wird.

Die Tür zum Bettenzimmer steht einen Spalt offen. Niemand ist zu sehen. Nur die Geräusche der Bettfedern sind zu vernehmen. Die durchnässte Stella zieht die Augenbrauen hoch und schaut Lela fragend an, als wollte sie sagen, wer es nur wagen konnte, das Zimmer zu betreten. Lela legt den Finger an die Lippen und blickt sich leise um: Auch im Zimmer regnet es, von der Decke tropft das Wasser, es rinnt an den Wänden herab. Irakli hüpft auf den Eisenbetten. Er bemerkt die beiden nicht, er keucht und schwitzt, streckt die Arme in die Luft, als wollte er die Decke berühren. Lela scheint, als hörte sie Irakli irgendwelche englischen Wörter ausstoßen. »Aim fain« und »Maineimis Irakli«. Vor dem nicht mehr vorhandenen Balkon strömt der Regen, ein ununterbrochen fallender Vorhang.

»Aim fain ...« Iraklis Stimme ist jetzt deutlicher zu hören.

Lela legt noch einmal den Zeigefinger an die Lippen und winkt Stella zu, bedeutet ihr, sie solle schweigen. Geräuschlos schließen sie die Tür hinter sich.

»Stella, du gehst jetzt aber nicht hinauf, weil ich nichts zu Irakli gesagt habe, oder?«

»Aber nein!«, antwortet Stella, »Außerdem, wenn Irakli nach Amerika geht, wird er ja nicht mehr so hüpfen können, stimmt's, Lela?«

»Ja, das stimmt. Dort gibt es so was bestimmt nicht.«

Am nächsten Tag fällt Iraklis Englischunterricht aus. Marika schickt ein Nachbarskind und lässt Lela ausrichten, dass sie heute wegen Bauchschmerzen nicht kommen kann.

Irakli freut sich:

»Wahrscheinlich hat sie ihre Regel.«

Sofort kriegt er eins von Lela übergebraten: »Plappere doch nicht alles nach, was du so aufschnappst!«

Nach dem Mittagessen gehen sie zum Birnenfeld. Die Luft ist klar, es ist totenstill. Hier und da meldet sich ein Vogel. Auch in der Nacht hat es geregnet, und wie immer erscheint das Birnenfeld nach dem Regen klar und samtgrün. Lela geht den Weg am Rand der Wiese entlang und raucht, Irakli an ihrer Seite.

»Du, Lela«, sagt Irakli plötzlich, »ich glaube, Waska ist in dich verliebt.«

Lela bleibt stehen:

»Red keinen Scheiß!«, sagt sie und setzt ihren Weg fort. »Du tickst wohl nicht richtig!«

»Ich rede kein Scheiß ...« Irakli zuckt mit den Achseln.

»Weißt du was?«, sagt Lela gefasst, aber in drohendem Ton und saugt den letzten heißen und bitteren Zigarettenqualm in sich hinein. »Ich glaube, dass Waska nicht in mich, sondern in dich verliebt ist, und wenn du weiter nervst, dann verheirate ich dich und geb dir als Mitgift noch Stella mit. Nein, Stella ist zu viel für dich, ich geb dir Dali oder Zizo.«

»He ... mit dir kann man ja gar nicht reden ...«

Lela blickt ins Birnenfeld. Auf der leuchtend grünen Wiese stehen die Birnbäume. Ihre gebogenen, knorrigen Arme lassen sie nach dem Regen noch tiefer zu Boden hängen als sonst.

»Du glaubst es nicht, aber von dir lässt er sich viel gefallen. Ich würd mir nicht so viel von dir gefallen lassen und nicht alles schlucken wie er.«

»Was glaubst du, warum? Er hat Angst vor mir! Ein dämlicher Zigeuner, ein Hosenscheißer!«

»Nein, Lela, nein ... Er hat keine Angst!«, regt sich Irakli auf. »Waska hat vor niemandem Angst. Weißt du noch, wie der eine Typ neulich zum Fußballspielen rübergekommen ist und meinte, wir seien verfickte Debile? Weißt du noch, was er mit ihm getan hat? Erinnerst du dich?«

Lela wird still. Sie denkt eine Weile nach.

»Geh mal und hol mir eine Birne«, sagt sie zu Irakli.

Er schaut zur Wiese, betrachtet sie, als sähe er sie zum ersten Mal.

»Ich hol dir eine, aber du wirst sie nicht essen.«

»Keine Ahnung ... hol mal trotzdem eine ...«

Irakli zieht die Schuhe aus, dann die Socken und krempelt seine Hose auf.

»Von welchem Baum denn?«, ruft er Lela zu, als er bereits in der Mitte des Feldes angekommen ist.

Er stapft langsam voran, mit weichen Schritten:

»Wenn ich hineinfalle und ertrinke, bist du schuld ...«

»Keine Sorge, du ertrinkst nicht.«

»Willst du die hier?« Irakli greift nach einem vollen Ast.

»Ja, die.«

»Wie viel willst du?«

»Eine.«

Irakli betrachtet die runden, grün glänzenden Birnen. Er greift nach einer und reißt sie ab.

Mit ausgebreiteten Armen, als würde er im Wasser

waten, verlässt Irakli das Birnenfeld und steuert auf das sichere Festland zu, die Füße voller Schlamm. Er wirft Lela die Birne zu. Lela poliert sie an der Hose blank, lässt sie noch mehr glänzen und beißt mit den Schneidezähnen hinein.

»Die taugt nicht«, sagt sie und streckt ihm die Frucht entgegen. Auch Irakli beißt hinein.

»Wenn sie taugen würden, wären sie längst weg!«, sagt er, holt aus und schleudert die Birne mit voller Wucht zurück aufs Feld.

7

Mitte Juli, als die Hitze so unerträglich wird, dass alle nur widerwillig ihre Häuser verlassen und sich Klatsch und Tratsch langsamer als sonst in der Nachbarschaft verbreiten, erreicht die Anwohner der Kertsch-Straße das Gerücht, Manana habe Goderdsi verlassen. Jeder, der sich berufen fühlt, muss jetzt seine Meinung zu dieser wichtigen Neuigkeit äußern: Manche mutmaßen, Goderdsi sei nicht verlassen worden, vielmehr habe er seine Frau hinausgeworfen, da ihr zweifelhafter Ruf auch an seine Ohren gedrungen sei. Manche meinen, Manana sei nicht mehr Jungfrau gewesen, andere wiederum behaupten, Goderdsi habe sich als impotent erwiesen. Wie auch immer, die entzückende Manana packt ihre zwei Koffer und zieht mit ihrem Hab und Gut für immer aus der Kertsch-Straße fort.

Jemand holt Manana ab. Die Nachbarn kennen ihn von der Hochzeit – es ist ihr Vater, ein mittelgroßer schlanker Mann mit verständigem, ruhigem Gesicht. Bedacht verstaut er das Gepäck der Tochter in seinem beigefarbenen »06« und schließt den Kofferraum. Manana trägt hautenge, schwarze, glänzende Leggings und ein langes, gestreiftes T-Shirt. Zwischen ihren offenen schwarzen Haaren blitzen Ohrringe hervor, große goldene Kreise. Keine Spur mehr von jenem unbeschwerten Lächeln, das damals, als sie im Internatshof aus dem Wagen stieg, auf ihrem Gesicht lag. Sie trägt weder roten Lippenstift, noch hat sie ihre Augenwinkel blau geschminkt. Sie ist blass und wirkt müde, aber auch so sieht sie entzückend aus – die im Hof herumstehenden jungen Männer müssen hin und wieder verstohlen zu ihr hinsehen. Goderdsi lässt sich nicht blicken, offenbar ist er zu Hause und scheut die Nachbarn und Schaulustigen. Nur Wenera steckt ihren Kopf aus dem Erdgeschossfenster und reicht ihrer Schwiegertochter den im Schrank vergessenen Pelzmantel. Offenbar besteht keinerlei Hoffnung mehr, dass sie zusammen überwintern. Auf den ersten Blick wirkt der Abschied sogar harmonisch. Mananas Vater und Wenera helfen dermaßen fürsorglich beim Packen, als schickten sie die junge Frau nur auf eine schöne Reise, von der sie bald wieder zurückkehren würde.

Es gibt keinen Abschied von der Schwiegermutter, Manana setzt sich ins Auto und ist abfahrbereit. Doch ihr Vater geht zu Wenera ans Fenster, und ruhig, ohne jeden gezwungenen Unterton sagt er:

»Alles Gute, Frau Wenera.«

Wenera schweigt und folgt mit leicht betrübtem Blick dem Mann, der die hübsche Manana mitnimmt. Für immer. Es tut ihr weh. Wer weiß besser als Wenera, dass man dieses Mädchen nicht gehen lassen sollte, aber was kann sie schon ausrichten ... Das Auto fährt los, biegt aus dem Hof auf die Straße, und Manana schaut sich kein einziges Mal um, weder zu den jungen Männern noch zu dem Haus und auch nicht zu Wenera, die immer noch mit betretenem Gesicht am Fenster steht.

Einen Monat nach diesem Ereignis mietet Wenera erneut den Speisesaal des Internats, weil Goderdsi wieder heiratet. Diesmal ist seine Auserwählte Irma, ein Flüchtling aus Gali, mit der er über viele Ecken und tausend Bekannte zusammengebracht wurde.

Das Internat steht Wenera selbstverständlich mit Rat und Tat zur Seite. Offenbar wünscht sie sich, ihr Sohn würde sich von der ersten Heirat schnell erholen, noch inniger hofft sie allerdings, die Nachbarn würden diesen Reinfall rasch vergessen. Deshalb wird schleunigst die Hochzeit anberaumt – möge diesmal gelingen, was beim ersten Mal schiefgegangen ist!

Marika erteilt Irakli Englischstunden und muss immer wieder über Manana reden. Sie hatte sich mit ihr ein wenig angefreundet, sie wohnten ja im gleichen Treppenaufgang – entweder wollte die eine von der anderen etwas ausborgen, oder man klopfte zum Telefonieren an. Voller Bedauern erzählt Marika, dass Manana weggezogen ist, jetzt gebe es niemanden mehr, mit dem sie reden könne.

Diesmal kann Lela Marika nicht für den Unterricht bezahlen, sie verspricht ihr jedoch, das Geld bei der nächsten Stunde bereitzuhalten.

Am nächsten Tag treffen sich Lela und Koba am Ende der Kertsch-Straße.

Lela öffnet die Autotür und steigt ein. Koba nimmt die Straße stadtauswärts Richtung Tianeti. Lela blickt auf die vorbeiziehenden Häuser, die Straßenhunde und die ein, zwei Passanten, die nichts davon wissen, dass Lela jetzt Koba in den Wald folgt.

Koba biegt von der Hauptstraße ab und fährt einen schmalen, nicht asphaltierten Weg entlang. Rechts und links erstrecken sich Maisfelder. Ein Stück weiter taucht ein umzäunter Hügel auf, eine einsame rotbraune Kuh weidet dort. Der Weg führt einmal um die Weide herum und verliert sich irgendwo oben im dichten Wald.

Koba beginnt sich auszuziehen. Heute trägt er statt der Palmen ein kariertes, blaubraunes Hemd, darunter ein weißes T-Shirt, das seinen hageren und knochigen Oberkörper versteckt. Anschließend zieht er seine Karottenjeans aus und legt sie auf die Rückbank.

»Zieh dich aus«, fordert er Lela auf, die dasitzt und raucht.

Lela streift den glimmenden Teil der Zigarette ab, steckt den verbleibenden Rest in ihre Hemdtasche und beginnt sich ebenfalls auszuziehen.

Koba nimmt ein Kondom aus seinem Portemonnaie und legt es griffbereit in seine Nähe. Er sitzt jetzt nur in Socken und Unterhose da, sie zeigt eine Wölbung, als sei ein Kegel mit Stoff bedeckt worden. Lela, nur noch in T-Shirt und Slip, schraubt die Autolehne zurück. Koba greift nach ihrem Slip und zieht ihn nach unten, nicht um ihn ihr auszuziehen, sondern um ihr zu bedeuten, es selbst zu tun. Er streift das Kondom über seinen Penis, der Lela wieder an ein gehäutetes Tier erinnert. Lela ist kaum aus ihrer Unterhose geschlüpft, als Koba ihr bereits seinen in Gummi gepackten Penis in die Scheide stößt und sich stöhnend auf sie stürzt. Er zieht ihr das T-Shirt hoch und packt ihre Brust so, dass ihr Busen wie Teig zwischen seinen Fingern hervorquillt. Lela versucht, mit seinen Bewegungen mitzugehen, damit es bald vorüber ist, merkt aber, dass es Koba nicht gefällt und es ihm lieber ist, wenn sie stillhält und alles über sich ergehen lässt. Lela hält ihre Beine hoch, mit ihren Fußsohlen stößt sie an das Autodach, und plötzlich wird sie davon überrascht, dass Kobas Mund ihre Lippen berührt. Sie spürt seine kalten Lippen und die wässrige Zunge, die wie ein sterbender Fisch in ihrem Mund zappelt. Lela überkommt ein seltsames Gefühl, ihr Bauch glüht, ihre Beine umschlingen Kobas schweißnassen Rücken, und sie beginnt sich rhythmisch zu bewegen. Dies steigert Kobas Erregung, aber er lässt es nicht zu, sondern löst sich von ihren Lippen, hält mit beiden Händen ihre Beine fest und bewegt sich kräftiger. Lela leistet keinen Widerstand, sie gibt auf, und ihre Lust verfliegt. Koba jedoch macht weiter und weiter, bis er laut aufstöhnt und wie ein Toter auf sie fällt.

Wenige Minuten später sitzen sie wieder angezogen im Auto und folgen der Straße zurück in Richtung Stadt. Es dämmert bereits. An einer Bushaltestelle stehen Leute mit Einkaufstüten und warten auf ihren Bus. Einen Augenblick lang denkt Lela, so wie Koba und sie würde vielleicht ein ganz gewöhnliches Ehepaar im Auto sitzen und in der Dämmerung nach Hause fahren, wo ihre Kinder auf sie warten.

Koba hält ziemlich weit vom Internat entfernt an und gibt Lela fünf Lari.

Als Lela den Hof des Internats betritt, geht sie sofort ins Wärterhäuschen, schließt die Tür, legt sich aufs Bett und fällt innerhalb weniger Sekunden in tiefen Schlaf.

Die nächste Unterrichtsstunde findet wieder im Wärterhäuschen statt. Lela liegt ausgestreckt auf dem Bett, sie regt sich nicht und starrt an die Decke.

Iraklis Augen sind gerötet. Auch diesmal klagt er wieder über Kopfschmerzen.

»Komm, sag noch mal, was heißt ›Ich habe Hunger‹ und ›Ich habe großen Hunger‹?«

»›Aim hangri‹ und ›Aim starwi‹.«

»Starving.«

»Ja«, sagt Irakli.

»Und jetzt gehen wir noch einmal die Vokabeln durch ...«, verlangt Marika, worauf Irakli tief ausatmet und zu Lela schaut, um ihr mit seinem Blick klarzumachen, dass er nicht mehr kann.

»He, du!«, sagt Lela und richtet sich im Bett auf. »Kannst du ihm nicht andere Wörter beibringen?«

»Was für andere Wörter?«, wundert sich Marika.

»Na, Schimpfwörter«, hilft Irakli nach, der plötzlich wieder gut drauf zu sein scheint.

»Sei still, wenn ich rede!«, knurrt Lela ihn an. Dann wendet sie sich wieder an die Lehrerin:

»Solche halt, die er gut gebrauchen kann, du weißt schon.«

»Zum Beispiel?«

»Zum Beispiel ... was heißt ›Schwanz‹ auf Englisch?«

Irakli bricht in Lachen aus. Lela rügt Irakli nun nicht mehr. Marika wird rot, und es ist, als werde ihre längliche Nase plötzlich noch länger:

»Dick?«, als wunderte sie sich, so was aus ihrem eigenen Mund zu hören.

»Was?« Lela hat nicht mit einer so schnellen Antwort gerechnet.

»Ja, dick!«, sagt Marika entschlossen.

»Halt den Mund, du dik ...« Lela probiert ihr neu erworbenes Wissen an Irakli aus. Irakli kichert begeistert. »Moment ...«, Lela tut so, als müsse sie sich schwer konzentrieren, »... und wie heißt zum Beispiel ›Verzieh dich, du Pimmel‹?«

»Wozu braucht er das?«

»Wozu? Na, und ob er das braucht! Außerdem – wenn er es nicht braucht, dann sagt er es nicht, aber wenn er es braucht, wird er uns ja nicht von dort anrufen, oder? Also lass uns weiter machen!«

»Aber ich weiß nicht, wie das auf Englisch heißt ...« Marika denkt nach. »Wahrscheinlich ›Get out you dick?‹ Keine Ahnung ... Schmutzige Wörter nehmen wir nicht durch, die brauch ich nicht. Dieses eine Wort weiß ich auch nur deshalb, weil einer aus meiner Klasse im Unterricht ›dik-schenari‹, gesagt hat, ›dictionary‹, das heißt Wörterbuch.«

»Ah ...« Lela begreift den Zusammenhang.

Eine Weile sitzen sie stumm da.

»Ich könnte jemanden fragen, ich kenn da ein paar Leute, wenn ihr unbedingt wollt.«

»Ja, natürlich wollen wir! Dieses ›bitte‹ und ›danke‹ kann er doch auch dort lernen, er sollte lieber was Nützliches lernen, schließlich muss er, wenn es drauf ankommt, jemandem einen vor den Latz knallen können!«

»Na gut, dann sag mal, was du noch wissen willst ...« Marika reißt einen Zettel aus Iraklis Heft und zückt den Stift.

Auf einmal ergibt für Irakli alles einen Sinn, der Englischunterricht, die Kopfschmerzen und die geröteten Augen. Wach und munter macht er es sich auf dem Stuhl bequem und erwartet genießerisch seine Portion Schimpfwörter. Ihn reizt es nicht so sehr, Schimpfwörter zu lernen, als sie aus Lelas Mund zu hören. Der langweilige Unterricht wird mit einem Mal lustig.

»Also ...«, sagt Lela und schaut aufgerichtet im Schneidersitz durch die Fensterscheibe, als versuchte sie sich an etwas zu erinnern: »Das hast du doch aufgeschrieben, oder? ›Verzieh dich, du Pimmel‹?«

»Ja, hab ich.«

»Dann, wie wäre es damit ... ›Zieh Leine, du stinkender fauler Wichser!‹«

»Oh, là là!« Marika lacht und schreibt es auf. »Kann sein, dass sich das nicht wörtlich übersetzen lässt, aber wir finden was.«

»Dann ...«, Lela denkt nach, »›Fass mich nicht an, sonst poliere ich dir die Fresse!‹«

Marika schreibt mit.

»Ja, und das noch …« Auch Irakli will an der Erstellung des nützlichen Wörterbuchs mitwirken, er strengt sich an, doch es fällt ihm nichts ein, was einen vom Hocker reißen würde: »Vielleicht ›Ärger mich nicht‹ oder so was?«

»Nein …«, unterbricht ihn Lela, »hier, schreib das auf: ›Ich brech dir alle Knochen‹.«

Irakli ist zufrieden.

»Nebenbei bemerkt, ich würde euch dringend davon abraten, so was in Amerika zu sagen«, meint Marika. »Es ist ein anderes Land, da laufen die Dinge ganz anders … nicht wie hier in Georgien.«

»Mach dir keine Sorgen, er wird die Wörter nicht unnötig verschwenden, nur für den Notfall! Schau …«, sagt Lela und zeigt auf Irakli. »Hast du von dem da schon mal ein Schimpfwort gehört?«

Marika zuckt mit den Achseln:

»Nö …«

»Na, also! Glaubst du etwa, dass er keine Schimpfwörter kennt? Er ist ein Schlitzohr, sag ich dir! Der nimmt kein Blatt vor den Mund, wenn's drauf ankommt! Und zu Recht! Keiner soll wagen dir auf dem Kopf rumzutanzen!«

»Alles klar«, sagt Marika und schreibt weiter. »Also, ›ich brech dir alle Knochen‹ …«

»Richtig!«, bestätigt Lela. »Gut. Das reicht erst mal. Den Rest überlegen wir noch und teilen es dir später mit.«

Bevor Marika das Häuschen verlässt, kriegt sie von

Lela fünf Lari. Zehn schuldet sie ihr noch, für die letzten zwei Wochen. Aber Lela würde sie bald begleichen – Ehrenwort.

Als die amerikanische Madonna mit Neuigkeiten ins Internat kommt und die Kinder sie wie Bienen in einem Bienenstock umschwirren, reißt Dali die Tür des Wärterhäuschens weit auf und verkündet Irakli und Lela keuchend:

»Madonna ist da!«

Wie sie da in der Tür des Wärterhäuschens im Gegenlicht steht, ähnelt Dali mit ihren zerrauften Haaren und ihrem birnenförmigen Körper einer seltsamen Märchenfigur:

»Kommt mit, die Amerikaner haben Fotos geschickt …«, sagt Dali, blickt einen Moment in die beiden verblüfften Gesichter, dreht sich dann um und stürzt davon. Eine Sekunde lang wirkt Dali wie ein Internatskind, das in seinem eintönigen Leben eine freudige Nachricht vernimmt und glücksstrahlend all seine Sorgen vergisst.

Lela und Irakli treten in Zizos Zimmer. Madonna hat bereits die Fotos ausgepackt, sie liegen auf ihren Knien, die riesigen Quitten ähneln. Alle schauen fasziniert auf die Fotos.

»Komm her, schau, das sind deine Eltern, dein Vater und deine Mutter …«, sagt Madonna zu Irakli.

Dali kommen die Tränen. Vor einem getrimmten Rasen stehen zwei Personen, ein großer Mann mit silbergrauem Haarschopf, in Jeans und weißem T-Shirt, ein herzliches Lächeln unter dem breiten Schnurrbart, und eine stämmige Frau in weißer Bluse und langem, bunten Rock. Glattes, aschgraues Haar fällt ihr auf die Schultern, über ihr Gesicht zieht sich ein breites, gutmütiges Lächeln.

»Das sind sie. Deborah und John«, sagt Madonna feierlich und legt den Finger auf das Foto. »Ihr könnt euch gar nicht vorstellen, was das für Leute sind! Einfach fantastisch! Alle, die davon gehört haben, drehen durch ... neuerdings haben mich auch Journalisten kontaktiert. Na ja ... ich habe ein paar Wörtchen bei gewissen wichtigen Leuten eingelegt, das Interesse ist wirklich groß! Auch im Ministerium sind sie völlig aus dem Häuschen, sie unterstützen mich sehr ...«

Die Kinder lauschen gebannt.

»Irakli, gefallen dir Deborah und John?«, fragt Dali.

Irakli zuckt die Achseln:

»Ja.«

Lela betrachtet John und Deborah eingehend. Sie mustert ihr Gesicht, ihre Kleidung und den Rasen. In einer Ecke des Fotos ragt eine Kühlerhaube ins Bild.

»Ist das ihr Auto?«

»Das weiß ich nicht ...«, erwidert Madonna flüchtig und zeigt ihnen andere Fotos. Jetzt sind Deborahs und Johns Familienmitglieder zu sehen: die erwachsenen Kinder, die, wie Madonna meint, bereits ausgezogen sind und in ihren eigenen Häusern leben. Madonna zeigt die Adoptivkinder des Paars, die natürlich weder den Eltern noch einander gleichen. Neben einigen blonden Jugendlichen gibt es auch einen jungen Schwarzen, der in die Kamera lächelt und in dessen weit geöffnetem Mund weiße, gerade Zähne blitzen. Er trägt einen schwarzen Talar und einen schwarzen Doktorhut. Plötzlich brechen die Kinder in hysterisches Gelächter aus.

»O weh, du schwarzer Teufel, bleib mir fern!«, sagt Lewana.

Die Kinder krümmen sich vor Lachen. Madonna versucht in dem Tumult zu erklären, wer der junge Mann ist, aber niemand hört mehr zu. Lela versteht ungefähr, dass auch der Schwarze ein Adoptivsohn von John und Deborah ist und an dem Tag irgendeine Schule mit Auszeichnung abgeschlossen hat.

»Vielleicht mit Goldmedaille!«, fällt Lela ein. Sie muss an Kirill denken.

Koba und Lela treffen einander wieder am Ende der Kertsch-Straße. Er will nicht, dass jemand sieht, wie ein Mädchen aus der Debilenschule in sein Auto steigt. Er kennt entsprechende Wege, um Lela über hundert Abzweigungen an den vorgesehenen Zielort zu bringen. Wenn ihnen zufällig jemand auf der Straße entgegenkommt, bedeutet er Lela, sie solle sich im Auto ducken.

Den ganzen Tag hat die Sonne gebrannt, im Auto ist es heiß, und als Koba aus der Stadt hinausfährt, dringt eine angenehme Kühle durch die offenen Autofenster herein.

Lela, die ihre Beine gespreizt hat, hört das Gezirpe der Heuschrecken, und einige Male bildet sie sich ein, es würde jemand kommen. Koba schaut sich um und vergewissert sich, dass die einzigen Zeugen seiner heimlichen Affäre nur die Heuschrecken sind. Lela umschlingt Koba mit den Beinen und folgt den wiegenden Bewegungen seines Beckens. Sie entspannt sich, doch Koba versucht, sie wie einen Gegenstand zu packen und an sich zu reißen. Plötzlich geschieht etwas mit ihr, sie packt Kobas knochige Pobacken und presst ihn noch fester an sich. Sie spürt eine Glut im Bauch, als wäre er eine gefüllte Blase, in der sich warmes Wasser leicht bewegt, dann aber strömt die Glut aus ihrem Bauch in den gesamten Körper. Sie kneift mit der Hand fest in Kobas Hintern und stöhnt rücksichtslos. Koba, leicht enttäuscht, doch erregt, schaut Lela von oben an, Schweiß sammelt sich an seiner Nasenspitze. Auch aus ihm bricht ein Stöhnen hervor, als geschehe es ohne seine Willen, als wäre er etwas Unwiderstehlichem ausgeliefert.

Lela steigt aus dem Auto, sie geht zum Pinkeln in Richtung Maisfeld und verschwindet für eine Weile. Als sie zurückkommt, hat sich Koba bereits wieder angezogen. Er steht ans Auto gelehnt und raucht.

Wortlos steigen sie in den Wagen. Er greift nach seinem Portemonnaie in der hinteren Jeanstasche, zieht einen Fünf-Lari-Schein heraus und reicht ihn Lela.

»Das will ich nicht«, sagt Lela plötzlich.

Koba schaut sie verwundert an, er begreift nicht, was sie meint.

»Ich will kein Geld«, sagt Lela.

Ihr Gesicht brennt, ihre schweißnassen Haare kleben auf der Stirn.

»Ich will kein Geld ...«, wiederholt sie und lächelt Koba friedlich an. »Ich bin doch auch gekommen.«

Plötzlich verpasst ihr Koba mit dem Handrücken eine Ohrfeige. Sie schreit vor Schreck und Schmerz, ihre Lippe platzt auf, und sie hält sich die Hand vor den Mund.

»Raus mit dir! So was von debil!«

Eine Hand vor dem Mund, öffnet Lela mit der anderen die Autotür und steigt aus. Koba wirft ihr den Fünf-Lari-Schein hin und schließt die Tür. Das Auto fährt im Rückwärtsgang aus den Maisfeldern, und Lela bleibt mitten auf dem Feldweg zurück, wie eine Spukgestalt, die sich nicht bewegt und nur darauf aus ist, Reisenden aufzulauern und sie zu erschrecken.

Als das Motorgeräusch verebbt, hebt Lela den Fünf-Lari-Schein auf und steckt ihn in die Hosentasche. Ihr ist, als lärmten die Heuschrecken jetzt noch lauter. Die Dämmerung setzt ein, und die Umgebung beginnt sich bläulich zu färben. Wind streicht über die Felder, und der Mais wogt wie ein großes Meer. Lela beschleunigt ihre Schritte. Auf der Landstraße winkt sie den vorbeifahrenden Autos.

Nach wenigen Minuten hält ein weißer Niwa an, und Lela steigt ein. Der Fahrer, ein einfacher, älterer Mann mit müdem Gesicht und abgearbeiteten Händen, mustert Lela.

»Was ist mit dir passiert?«

Lela bricht plötzlich in Tränen aus. Sie wischt sich mit den Händen übers Gesicht, reibt sich die Augen, ein im Hals steckengebliebener Kloß würgt sie.

Der Fahrer hält am Straßenrand. Er steigt aus dem Wagen, öffnet die Tür auf Lelas Seite und reicht ihr eine Wasserflasche.

»Komm, wasch dir erst mal das Gesicht.«

Lela steigt aus dem Wagen, beugt sich ein wenig vor und streckt dem Unbekannten die Handflächen entgegen.

»Du bist ein junges Mädchen und solltest nicht allein unterwegs sein«, sagt der Mann, als sie wieder im Auto sitzen und stadteinwärts fahren. »Es laufen so viele Widerlinge und Verbrecher herum ...«

Der Mann heftet seinen Blick vor sich auf die Straße.

»Hast du Eltern?«

»Ja«, sagt Lela.

»Wie alt bist du?«

»Achtzehn.«

»Wo wohnst du? Ich fahr dich nach Hause.«

»Na ... geradeaus, ich sag Ihnen dann, wo.«

Eine Zeit lang schweigen sie.

»Wie bist du denn hierhergekommen?«, unterbricht der Mann die Stille.

Als ein großer Lastwagen mit ohrenbetäubendem Rattern an ihrem Niwa vorbeifährt und der schwarze Auspuffqualm sich über die Fahrbahn verteilt, sagt Lela:

»Ein Freund hat mich mit dem Auto mitgenommen ... Dann ist er weggefahren und hat mich da stehen lassen.«

»Und das da hat auch dein Freund angerichtet?« Er deutet auf Lelas geplatzte Lippe.

Lela schaut aus dem Fenster, sie will nicht, dass der Mann ihr weitere Fragen stellt.

Es ist schon fast dunkel, als sie in die Kertsch-Straße einbiegen. Lela lässt das Auto am Internat vorbeifahren und bittet den Mann, vor dem ersten Wohnblock anzuhalten.

Im Hof spielen Kinder, Jungen stehen in einer Ecke beisammen und plaudern. Der Fahrer wirft einen Blick in die Runde, kann aber nichts Verdächtiges oder Auffälliges entdecken: Ein gewöhnlicher Abend, die Schatten der Blätter streichen über die Hauswände und lassen eine vertraute Stimmung aufkommen, irgendwo aus einem oberen Stockwerk ruft eine Frau laut nach ihrem Kind.

»Steig nicht mehr bei Fremden ins Auto ... Da hast du nur Ärger«, sagt der Mann. Lela steigt aus und geht schnellen Schrittes in den ersten Hauseingang, als wohnte sie dort.

Als Lela im Badehaus steht, ist es Nacht. Das Echo des rauschenden Wassers, das von den Wänden des weiten, dunklen Badehauses zurückgeworfen wird, ist ihr unheimlich.

Auf ihrem Bett im Wärterhäuschen liegt Irakli und schläft tief. Sie sieht ihn eine Weile an. Das hereinflutende Mondlicht fällt auf sein Gesicht. Er atmet friedlich.

Diese Amis haben Recht, denkt sie, Irakli hat wirklich ein feines, zartes Gesicht. Sie setzt sich aufs Bett und schiebt ihn mit dem Rücken zur Wand. Irakli rekelt sich, schmiegt sich an die Wand und schläft weiter.

Sie denkt an Koba und den Fünf-Lari-Schein in ihrer Hosentasche ... an den Mann mit den müden Augen. Sie versucht einen Gedanken zu fassen, schafft es aber nicht und sinkt in Schlaf.

Am nächsten Tag geht Lela hinüber in den Nachbarhof. Er steht zu dieser Jahreszeit für gewöhnlich leer, es sind Sommerferien, und wer Verwandte auf dem Land hat oder ein Ferienhaus besitzt, sieht zu, dass die Ehefrauen und die Kinder aus der Stadt kommen und die heißen Sommerwochen dort verbringen. Nur wenige Kinder sind hiergeblieben. Mit gelangweilten Gesichtern sitzen sie im Schatten und spielen Karten. Im Hof stehen ein paar junge Männer herum, darunter auch Koba und der rehabilitierte Goderdsi, dem bald die zweite Hochzeit bevorsteht. Diesmal wälzt sich Goderdsi nicht unter dem Auto, dafür spritzt ein Nachbar sein Auto mit dem Schlauch ab. Lela nähert sich den Jungs und stellt sich vor Koba. Er ist von Lelas Erscheinen überrascht. Auch die anderen jungen Männer schauen sie verwundert an. Lela nimmt den Fünf-Lari-Schein aus der Tasche und hält ihn hoch. Koba begreift nicht ganz, was Lela will.

»Hier, nimm deine fünf Lari, ich will sie nicht!«, sagt

sie und streckt ihm das Geld hin. Koba schießt das Blut ins Gesicht.

»Verschwinde!«, presst er zwischen den Zähnen hervor, er holt mit der Hand aus und kehrt ihr den Rücken zu, aber vor Wut muss er sich sofort wieder umdrehen: »Verpiss dich!«, zischt er ihr zu.

Die Jungs lachen auf.

»Was geht hier vor, was will sie denn?«, wundert sich der Nachbar mit dem Schlauch.

»He, gib mir den Lappen, wenn du ihn nicht willst ...«, kichert ein anderer.

»Für diese fünf Lari kannst du gerne deine Oma vögeln, verstanden?«, sagt Lela und wirft ihm den Geldschein vor die Füße.

Die jungen Männer brechen in wildes Gelächter aus. Jemand klatscht sogar in die Hände. Ein Typ mit Rapper-Bart sagt zufrieden:

»Das ist ein Knaller!«

»Koba, das sagst du uns erst jetzt?«, meint ein kleinwüchsiger Typ in Jeansjacke, der gebeugt dasteht. »So nötig hast du es gehabt, Alter?«

»Komm her ... ich fick dich ins Gesicht!«, schreit Koba Lela an, er kann sich kaum beherrschen. Die Jungs versuchen, ihn festzuhalten. Lela geht ins Internat zurück.

»Du bist echt eine Debile, aber was für eine!«, ruft Koba ihr nach.

Lela bleibt stehen und dreht sich zu ihm um:

»Pass auf, ich will deinen Schrottwagen nie wieder auf dem Parkplatz sehen, kapiert? Sonst erzähl ich

Zizo und Pirus von deinen fünf Lari und davon, dass du glaubst, du kannst dafür mit Debilen ficken! Dann kriegst du gewaltig eins auf die Fresse! Und noch was: Du kannst gerne deine fünf Lari für Schlampen wie deine Oma und deine Mutter bezahlen, verstanden?«

»He, pass auf …«, ruft ein Typ mit tiefer Stimme gereizt, als wollte er damit ein Zeichen setzen, dass Lela mit dem Beleidigen von Kobas Mutter zu weit gegangen ist. Die jungen Männer halten Koba fest, der Nachbar mit dem Schlauch zielt auf Lela, aber der Wasserstrahl erreicht sie nicht. Der mit der Jeansjacke bückt sich, hebt einen Stein auf und wirft ihn mit Schwung vor Lelas Füße, als wäre sie ein kläffendes Hündchen, das man abschütteln müsste, worauf der mit der tiefen Stimme doch noch eine ehrenwerte Bemerkung einwirft:

»Lass sie, sie ist ein Mädchen.«

Bevor Koba mitsamt seinem Auto endgültig vom Parkplatz des Internats verschwindet, passt er Lela eines Tages in der Dämmerung am Ende der Kertsch-Straße ab und versetzt ihr einen kräftigen Schlag ins Gesicht. Lela stürzt zu Boden, und Koba verabreicht ihr mehrere Fußtritte in den Bauch und in den Rücken. Danach ist er auf und davon und für immer aus Lelas Leben verschwunden.

8

Der August ist angebrochen. Im Internat verfließt die Zeit ohnehin langsam, aber jetzt scheint sie ganz zu versiegen. Der Verkehr ist zum Stillstand gekommen. Nichts bewegt sich. Keine Brise, kein Vogel in der Luft. Die Straßenhunde begnügen sich mit dem Nötigsten: Sie schleppen sich von einer Stelle zur anderen, ihrem am Boden kriechenden Schatten hinterher, sie krümmen sich unter ihm, verbergen ihre Schnauze in den Falten ihres Nackenfells und vergewissern sich, dass ihnen weder Name noch Nachname zukommt, sie in keinem Register stehen und keine Chance auf ein besseres Leben haben.

Regen ist nicht in Sicht. Auch keine Abkühlung. Es ist unmöglich hinauszugehen, besonders zur Mittagszeit. Die Sonne sticht bereits frühmorgens, pochend und erbarmungslos. Der riesige, glühende Feuerball versengt seit Wochen dieses Stück Erde. Der Boden ist ausgedörrt und rissig, und die flinken, rostfarbenen Ameisen huschen panisch über die heiße Erde, als würden ihre Füße brennen und sie müssten sich schnell irgendwo in einer kühlen Spalte verkriechen.

Am Abend, wenn die Sonne untergeht, lastet die Glut noch immer auf dem Land. Der Mond wirft Schatten und heitert die Umgebung ein wenig auf. Zaghaft weht eine Brise, bringt die Äste der Bäume in Bewegung und nimmt das Zirpen der Grillen auf, die sich unter Zäunen und in Höfen versteckt halten.

Die Kinder schleppen sich benommen durch den Tag, sie haben keine Lust auf Fußball, auch ihr Appetit ist verschwunden. Dali untersagt den Kindern, sich mit Wasser zu bespritzen – weiß Gott, warum. Manche rennen trotzdem mit Wasserflaschen umher, und wenn es einem Kind nicht gelingt, ein anderes zu erwischen, bleibt es keuchend stehen und gießt sich das Wasser selbst über den Kopf.

Eines Abends, als Dali, von der Hitze ermattet, mit den Kindern im Schatten sitzt, kommt Vater Jakob zu Besuch, Wano führt ihn in den Hof. Zuvor war der Priester bei den Nachbarn gewesen, man hatte ihn zu Hilfe gerufen, es hieß, Tarielas Sohn Ghnazo ginge es nicht gut.

»Dass es ihn oft im Frühling überkommt, das wusste ich ... aber nicht um diese Jahreszeit«, bemerkt Dali besorgt.

»Wir haben alles getan, sie haben auch den Arzt geholt. Jetzt liegt alles in Gottes Hand«, sagt Jakob. Er trägt seinen Priesterrock, darüber eine schwarze Leinenweste. »Auch Pirus war da ...« Jakob lässt seine strengen schwarzen Augen über die Anwesenden schweifen. »Aber was kann Pirus schon tun, er kann doch einen Geisteskranken nicht ins Gefängnis stecken?«

Im Tor erscheint der Bezirksinspektor. Bekümmert berichtet er Dali, die nichts Gutes ahnt, dass Ghnazo nach einer Axt gegriffen habe und plötzlich auf seine

Eltern, die friedlich im Gemüsegarten arbeiteten, losgegangen sei.

»Gott sei Dank, Kukura war zur Stelle ... Er fing ihn mit Mühe ein und fesselte ihn ...«, sagt Pirus. »Der arme Kukura hat auch was abbekommen ... Ghnazos Faustschlag ist ja nicht ohne! Er hat sehr viel Kraft, erst recht, wenn er durchdreht. Nein ... so darf es nicht weitergehen, Ghnazo braucht Medikamente, mal ist er gut drauf, dann wieder dreht er völlig durch! Ich sag's euch, Tariela und Veilchen haben Glück gehabt, dass sie noch am Leben sind.«

»Allerdings!«, stimmt Dali zu. »Es hätte übel enden können. Auch früher hatte er ab und zu Anfälle, aber so war es noch nie. Einmal hat er uns erzählt, er sei Gott, wisst ihr noch? Der Arme ... Er hat sich Eier in seine Jackentaschen gesteckt und ist damit herumgelaufen. Dann ging es ihm wieder besser.«

»Ja, man weiß nie, wann es passiert. Wenn er bloß auch so etwas hätte wie diese friedfertigen Kinder hier ...«, sagt Pirus und wischt sich mit einem zerknitterten Taschentuch über die Stirn.

»Da spielt noch etwas ganz anderes herein«, wirft Jakob ein. »Wenn eine schwache Seele im Körper haust, nistet das Unheil sich darin ein. Dann kommt diese Pest, klopft an, und wenn du die Tür öffnest, bemächtigt sie sich deiner!«

»Meinst du den Teufel, Vater Jakob?«, schaudert Pirus.

»Dieser Name darf nicht aus dem Mund eines gläubigen Christen dringen. Herr, erbarme dich unser!«, ermahnt ihn der Priester und bekreuzigt sich. Auch die Anwesenden bekreuzigen sich dreimal.

»Was könnte ihn wohl heilen?«, fragt Dali beiläufig.

»Beten muss man, Fasten muss man, Gehorsam ist vonnöten, die Kirche und Gottes Hand!«, redet Jakob auf die Versammelten ein.

»Oje!«, stößt Dali aus, als wäre dies so schwer wie ein Flug ins All.

»Na ja ... wenn man erst mal einen Knall hat, dann ist die Sache gelaufen«, meint der Turnlehrer Awto, der an der Gruppe vorbeigeht. »Wenn es so leicht wäre, den zu heilen, würden nicht so viele dauerhaft mit einem Dachschaden herumlaufen.« Awto reicht Pirus und Wano geschäftig die Hand, dann dreht er sich zu Jakob, küsst ihm aber nicht, wie üblich, die Hand, sondern schüttelt sie ebenso freundschaftlich wie zuvor die Hände der beiden Männer. Der Priester stutzt, doch er sagt nichts und sieht Awto beleidigt hinterher. Als tangiere ihn Ghnazos Geschichte überhaupt nicht, läuft der Turnlehrer unbeschwert und flotten Schritts zu seinem blauen Fourgon.

»Können diese Kinder denn beten?«, wendet sich der Priester unvermittelt an Dali und mustert dann die versammelten Kinder. Irgendetwas passt ihm nicht.

Dali fühlt sich beschämt. Ihr Gesicht glänzt vor Hitze, die strohigen roten Haare stehen ihr zu Berge. Sie weiß nicht, was sie antworten soll. Es wäre ihr unangenehm, wenn Vater Jakob schlecht über sie denken würde. Auch die Kinder verstummen, als schämten sie sich, nichts über das Beten zu wissen, und als sei es ihnen peinlich,

Dali vor dem Mann Gottes in Verlegenheit gebracht zu haben.

»Bring den Kindern das Beten bei«, ordnet Jakob an. Er nimmt ein paar Heftchen aus der großen Tasche seiner Leinenweste und hält Dali eines davon hin. »Abendgebete. Bring sie ihnen bei, du bist schließlich ihre Taufpatin.«

Dali nickt, als wäre sie dankbar für die Chance, etwas wiedergutmachen zu können. Gehorsam geht sie zum Priester, verbeugt sich, küsst ihm die Hand und nimmt das Heftchen.

In der Nacht, als Lela, von der Hitze ermüdet, endlich einschläft, träumt sie, sie stünde an einem sonnigen Tag am Rand des Birnenfelds. Das Feld steht nicht mehr unter Wasser, sondern ist völlig verdorrt, die Erde ist vor Trockenheit aufgerissen, das grüne Gras verschwunden. Auf dem Feld klaffen Erdspalten, in die ein Mensch leicht hineinfallen kann. Lela steht vor einer solchen Spalte, sie will hinüberspringen, traut sich aber nicht. Als sie nach dem Ast eines Birnbaums greift, Schwung holt und über die Erdspalte fliegt, wacht sie auf.

Einige Tage später, als Lela und Irakli Zigaretten gekauft haben und zurück zum Internat laufen, kommt ihnen Ghnazo entgegen. Trotz der Hitze trägt er auch heute seinen schwarzen Mantel, seine Haare sind zerrauft, er ist unrasiert und hat Ringe unter den Augen. Ghnazo grüßt Lela und Irakli, ganz friedlich und beiläufig, wie ein Nachbar täglich seine Nachbarn grüßt. Die beiden erwidern den Gruß. Ghnazo bittet um eine Zigarette. Als Lela ihm Feuer gibt, schaut sie ihm ins Gesicht. Sie sieht, wie seine dünnen, knochigen Hände versuchen, die kleine Streichholzflamme vor dem Luftzug des eigenen Atems zu schützen. Dann geht Ghnazo qualmend seines Weges.

Was, wenn die Sache mit dem Beten wahr ist und ich deshalb so viel Seltsames und Unangenehmes träume, denkt Lela eines Abends.

Sie findet Dali im Fernsehzimmer:

»Was ich dich fragen wollte, Dali-Lehrerin, der Priester hat dir dieses Heft gegeben, was hast du damit gemacht?«

Dali erhebt sich mühsam aus dem Sessel. Sie geht langsam zu einem fast leeren Regal und zieht das Heftchen heraus:

»Ich habe es nicht gelesen.« Dali blättert das Heftchen durch. »Was weiß ich, von gedruckten Gebeten verstehe ich nichts ...«

Sie setzt sich in einen Sessel. Lela ruft die Kinder, sie versammeln sich um Dali und verteilen sich auf die Sessel und Sofas. Dali rückt ihre Brille zurecht, schaut eine Weile in das aufgeschlagene Heftchen, klappt es wieder zu und legt es zur Seite.

»Ich war so alt wie ihr, als meine Mutter gestorben ist …«, sagt sie und schaut Pako und Stella an, die an ihrer Seite sitzen.

»Bist du auch in einer Debilenschule aufgewachsen, Dali-Lehrerin?«, ruft Lewana laut – kein Zweifel, er will wieder Unruhe stiften. Die Kinder lachen, aber Dali lässt sich nichts anmerken:

»Nein, ich bin bei meiner Großmutter aufgewachsen«, fährt sie in ruhigem Ton fort und schaut dabei hoch zu den Spinnweben an der Decke. »Gott hab sie selig, meine Großmutter und auch meine Mutter.« Sie bekreuzigt sich.

Die Kinder wiederholen eifrig das Kreuzzeichen. Manche küssen sogar das Kreuz, das um ihren Hals hängt.

»Von Gebeten und von der Kirche wusste ich nicht viel. Ich wuchs im Dorf auf. Im oberen Teil des Dorfes gab es eine Kirche, wenn man sie überhaupt so bezeichnen konnte. Sie war uralt, die Decke war eingestürzt, drinnen wuchsen Bäume. In einer Ecke standen ein paar Ikonen. An meine Mutter erinnere ich mich gut. Sie war sehr jung … als sie starb, einundzwanzig. Meine Großmutter und sie gingen oft dort hinauf und nahmen mich mit, manchmal zündeten wir Wachskerzen vor den Ikonen an. Am Abend brachte mich meine Mutter ins Bett und sprach mit mir das gereimte Abendgebet … Als sie nicht mehr am Leben war, sagte ich das Gebet zusammen mit meiner Großmutter auf. Auch jetzt als Erwachsene bete ich es vor dem Schlafengehen und fürchte mich vor nichts.«

Die Kinder hören Dali aufmerksam zu. Sie lieben Geschichten, in denen jemand keine Mutter hat oder ohne Familie aufwächst. Dali holt Luft und spricht den Kindern ihr einfaches, gereimtes Abendgebet vor:

»Ich gehe zu Bett und schlafe ein,
ich mache mir ein Kreuzelein,
neun Ikonen und Engelein
wachen an meinem Bettelein.
Das Kreuz schenke mir seinen Segen,
führe mich auf rechten Wegen,
der heilige Georg segne mich,
begnade und behüte mich.«

Dali trocknet ihre Tränen. Waska lehnt an der Tür. Auf seinem Gesicht ist das gewohnte Lächeln zu sehen, als fände er sogar Dalis Gebet lächerlich.

Wind kommt auf, und es beginnt zu regnen. Die Kinder stürzen zu den sperrangelweit geöffneten Fenstern, haschen mit den Händen nach den Regentropfen. Der Geruch von nassem Asphalt durchzieht die Umgebung – der Duft eines sich abkühlenden, ausklingenden Sommers.

»Irakli, regnet es in Amerika auch?«, fragt Stella und versucht, neben ihm am Fensterbrett einen Platz zu ergattern.

»Ja, und Hagel und Sturm gibt es auch! Starken Sturm! Hast du nicht im Fernsehen gesehen, wie so ein Orkan alles aufwirbelt? Er kann ein ganzes Haus mit sich reißen und in die Luft heben ...«

»O weh ...« Stella schlägt die Hände vor den Mund. »Geh da nicht hin, Ika, bleib bei uns ...«

Wieder träumt Lela, sie stünde am Rand des Birnenfelds. Hinter ihr, auf dem Sportplatz, spielen die Kinder Fußball. Lela läuft auf das Feld, sie will den Ball holen, der hineingerollt ist, aber nach wenigen Schritten versinkt sie in der weichen, wassergetränkten Erde. Die Erde zieht sie hinab, und Lela versucht, nach den schwieligen Wurzeln der Birnbäume zu greifen. Sie will die Kinder zu Hilfe rufen, aber sie sind plötzlich vom Sportplatz verschwunden. Lela versinkt immer weiter in der Erde. Sie wacht auf.

Im Morgengrauen verlässt sie das Wärterhäuschen und öffnet das Tor, um ein paar Autos hinauszulassen. Dann geht sie in den Speisesaal.

Der leere Raum wirkt öde. Die Morgensonne dringt durch die Fenster und wirft Licht auf die aneinandergereihten Tische. Niemand hat die Brotkrümel vom Vortag abgewischt. Schmutzige Gläser stehen herum.

Lela geht zum Schrank. Sie findet etwas Brot, streicht sich Pflaumenmus drauf und geht kauend wieder in den Hof. Die Lehrer sind noch nicht im Haus, die Kinder schlafen noch, nur der hungrige Hund läuft suchend zwischen den Tannen auf und ab.

Nach einer Weile erscheint Zizo. Lela öffnet ihr das Tor. Die Direktorin stakst unbeholfen auf ihren Keilabsätzen daher und tritt in den Hof.

»Zizo-Lehrerin«, sagt Lela beiläufig und schließt dabei die Tür. »Was ich sagen wollte ... Also, diesen Monat kann ich dir das Geld vom Parkplatz nicht geben.«

Zizo setzt sich auf die Bank zwischen den Tannen, zieht einen Schuh aus, um einen Kieselstein herauszuschütteln.

»Wieso? Hast du es ausgegeben?« Sie kneift die Augen zusammen und mustert Lela.

»Ich hab zurzeit viele Ausgaben. Auch für Irakli. Im nächsten Monat hab ich es wieder im Griff.«

Zizo sagt nichts, sie quetscht ihren geschwollenen Fuß wieder in den Schuh und steht auf:

»Lernt er wenigstens was?«

»Ja, er lernt was«, sagt Lela und zuckt mit den Schultern.

Zizo betrachtet Lela mit skeptischem Blick.

»Mach dir nur nicht zu viel Mühe! Niemand erwartet von ihm, dass er mit seinem Englisch Berge versetzt. Kümmere dich lieber um deine Arbeit hier. Er geht und du bleibst, der Hof und der Parkplatz sind dir überlassen. Ich erwarte, dass du Verantwortungsbewusstsein zeigst. Schließlich habe ich dich nicht umsonst ausgewählt! Das weißt du, hoffentlich!«

»Ja, das weiß ich«, antwortet Lela.

Am Nachmittag kommt Marika und bringt eine neue Ladung Schimpfwörter mit. Am meisten beeindruckt Irakli »Du Bastard!« und »Ich bring dich um!«. Lela kann Marika die versprochenen zwanzig Lari nicht geben, hinzukommen noch die fünf Lari der neuen Woche.

Marika drängt Lela nicht und ist auch mit der vorgeschlagenen Regelung einverstanden: Der August ist bald vorbei, im September wird Lela wieder das Parkgeld einsammeln, und dann sind sie quitt.

Der beginnende Herbst versetzt das Internat in Aufregung. Große Dinge stehen bevor – Goderdsis Hochzeit, Gäste aus Amerika. Alle Bewohner und Lehrer haben auf einmal ein gemeinsames Ziel – das Internat soll möglichst schnell möglichst anständig aussehen: Der Hof wird von Dreck und Müll gesäubert, der umgestürzte Zaun wird aufgerichtet. Zizo bringt von ihrer Datscha ein paar Eimer mit Farbresten mit, und der Turnlehrer Awto streicht das Schultor grün, die hölzerne Eingangstür des Hauptgebäudes kriegt eine frische bordeauxrote Farbe.

Im Hauptgebäude schrubbt Dali kniend mit Waschpulver und einer alten Schuhbürste den Boden, die Kinder wienern den Boden mit Bohnerwachs.

Auch das Fernsehzimmer wird so gut es geht aufgeräumt. Einige Lehrer bringen Pflanzen aus ihren Wohnungen mit, Töpfe mit Eisbegonien, Aloe und Rosen. Auf Zizos Anweisung schaffen Awto und Wano aus dem Fernsehzimmer ein Sofa in den Hof hinaus, das Zizo die Kinder zuerst ordentlich abklopfen und anschließend in ihr Zimmer tragen lässt. Das Sofa bedeckt sie mit einem Überwurf, den sie von zu Hause mitgebracht hat: zwei feuerfarbene Tiger mit Riesenköpfen blicken jetzt böse vom Sofa herüber.

Weil Goderdsis Hochzeit auf den September fällt, wird auch die Eingangstür zum Speisesaal verschönert. Für die Kosten kommt Wenera auf, wie auch für die anderen Renovierungsarbeiten: Die kleinen Löcher in den Wänden, die zu Sowjetzeiten beim Anbringen der Fahnen und Bilder entstanden sind, werden zugespachtelt, geschliffen und mit weißer Farbe übermalt – die Spuren der Vergangenheit sind damit mehr oder weniger getilgt. Auch die Fensterrahmen und Fenstersimse werden weiß gestrichen. Wenn man so etwas schon mache, klagt der Turnlehrer Awto, müsse man es auch ordentlich machen – zuerst die alte Farbe abschleifen und dann die neue auftragen. Aber Wenera schert sich nicht darum, Hauptsache keine unnötigen Ausgaben. Sie hofft, dass ihr Sohn zum letzten Mal heiratet und sie den Speisesaal nie wieder brauchen wird.

An den Fenstern werden weiße Rüschenvorhänge aufgehängt, die Elektroleitungen werden geflickt. Wenn abends die Lichter angehen, sieht das langgezogene, flache Gebäude von ferne wie ein hellerleuchteter Eisenbahnwaggon aus, man könnte glauben, hier fände ein Ball statt, auf dem glückliche Menschen einander zum Tanzen auffordern und sich ihre Liebe erklären.

Es ist ein warmer, leicht dunstiger Septembertag, als die hohen Gäste eintreffen – Deborah und John aus den Vereinigten Staaten, Iraklis neue Eltern.

Lela öffnet weit das grüne Schultor, und ein beiger

Wolga fährt in den Hof. Außer dem Ehepaar sitzen Madonna und ein Fahrer namens Schalwa im Wagen, ein stämmiger Mann mit dichten Augenbrauen, angeblich ein Verwandter Madonnas.

Die Ankunft der Amerikaner macht nicht so viel Furore wie seinerzeit das Auftauchen des schwarzen Marcel. Dennoch, für die Kinder, die Lehrer und die anderen Mitarbeiter des Internats ist ihr Erscheinen ein unwiderlegbarer Beweis dafür, dass es Amerika tatsächlich gibt und außer Georgien, Tbilissi und der Kertsch-Straße noch eine andere Welt existiert.

Der feierliche Empfang findet in der Turnhalle statt, einen besseren und geeigneteren Raum gibt es nicht. Die Sprossenwände werden mit alten roten Samtvorhängen verkleidet, ein kleiner bühnenähnlicher Freiraum entsteht, und in einem Halbkreis werden Stühle und Bänke aufgestellt.

Die Kinder betreten zögernd den Saal. Es ist zwar eine Weile her, doch irgendwo in ihrer Vorstellung steht in der Mitte des Saals noch immer der Holzsarg, in dem ihr Bruder und Freund Sergo ruht.

Das Gemurmel der Kinder, dessen verzerrtes Echo durch den weiten Saal schwirrt, bricht erst ab, als die Delegation den Saal betritt. John und Deborah gehen voraus, gefolgt von Zizo und Madonna. Dali zuckelt mit ihrem zerrupften, roten Heiligenschein hinterher. Sie trägt jetzt einen weißen Kittel, vielleicht um auf die Amerikaner Eindruck zu machen.

»Hello everybody!«, ist Johns sanfte, ausdrucksvolle

Stimme gleich von der Tür her zu vernehmen. Die Kinder erstarren und schauen gespannt hinüber.

Der Mann, den die Kinder zum ersten Mal auf Madonnas Fotos gesehen haben, ist ziemlich groß und weder schlank noch dick. Sein Körper wirkt ein wenig plump, weil er um die Hüften herum in die Breite gegangen ist. Er lächelt so herzlich und geradezu euphorisch, dass man glaubt, er habe sich noch nie zuvor dermaßen über etwas gefreut. Er betritt die »Bühne« und verkündet den Zuschauern, die im Halbkreis vor ihm sitzen, noch einmal feierlich:

»Hello everybody! I hope you're doing well!«

Gulnara klatscht aus irgendeinem Grund in die Hände, und die Kinder fallen mit ein.

»Hört sofort auf zu klatschen! Das ist ja peinlich!«, faucht Madonna die Werklehrerin an. »Was gibt's hier bitte zu applaudieren?«, sagt sie gereizt zu Gulnara. »Wollen wir uns vor diesen Leute endgültig blamieren? Sie wissen zwar, wo sie sich befinden, aber wir sollten ihre Erwartungen auch nicht unbedingt übertreffen, oder?«

Gulnara setzt eine beleidigte Miene auf, und Madonna wendet sich wieder an die Kinder:

»Also Leute, John fragt, wie es euch geht. Er hofft, dass es euch gut geht!«

Daraufhin rufen einige Kinder hier und da schüchtern »Guut« und »Jaa«.

Neben John steht Deborah, eine farblose, gutmütige Topfblume – mit breiten Hüften und einem weiblichen, zarten Oberkörper. Deborah beobachtet die Kinder, insbesondere Irakli, aber sie versucht, ihr breites, freundliches Lächeln auch den anderen zu schenken.

Dann ergreift sie das Wort, Madonna übersetzt:

»Liebe Kinder, wir sind zwar wegen Irakli hier, aber wir denken, dass ihr alle Mitglieder unserer großen Familie seid, und wünschen uns sehr, dass aus euch starke Menschen werden. Ihr werdet auf ewig in unseren Herzen bleiben, schließlich seid ihr alle Iraklis Brüder und Schwestern!«

»Pfui ... Bruder von dem da? Ich kotze gleich!«, ruft Lewana laut und tut so, als müsste er sich übergeben.

Die Kinder brechen in ein schrilles Gelächter aus. Deborah steht ratlos da, sie versteht nicht, was vor sich geht. Sie versucht, ihre Gedanken zu sammeln und ihre Rede fortzusetzen. Zizo flüstert Lela ins Ohr, sie solle Lewana sagen, sie gehe jetzt raus und er solle ihr folgen, was Lela dem hinter ihr sitzenden Lewana auch ausrichtet. Während Deborah spricht und Madonna übersetzt, verlässt Zizo mit strengem Schritt den Saal, Lewana trottet hinter ihr her, mit eingefallenen Schultern wie ein Sträfling, der weiß, dass er hingerichtet wird. Es ist nicht das erste Mal, dass Lewana zu solchen Hinrichtungen gerufen wird.

Kaum hat Lewana den Saal verlassen, schließt Zizo die Tür und krallt ihre lackierten Fingernägel in seine Ohrläppchen.

»Warum benimmst du dich nicht?«, zischt sie leise, damit der Saal sie nicht hört. Lewana stöhnt, das Gesicht vor Schmerz verzerrt, aber Zizo packt sein Ohr noch fester und dreht es um wie einen Wasserhahn.

»Pscht ... ich will keinen Mucks von dir hören!«

Lewana hält noch einen Moment durch, dann stößt er einen empörten Schrei aus, und Zizo lässt ihn los. Er läuft davon, die Direktorin setzt ihm nach, einem Raubtier gleich, doch anstatt ihn zu packen, schafft sie es nur, ihm einen verzweifelten, umso heftigeren Schlag in den Rücken zu verpassen. Zizos klobiger, nach innen gedrehter Ring trifft seine Wirbelsäule. Er schreit auf, der schmerzhafte Stoß treibt ihn die Treppe hinauf, hinkend wie ein verwundetes Tier, voller Angst, im Rachen der ihn verfolgenden Bestie zu landen.

»Stirb doch! Soll doch deine Mutter dich beim nächsten Besuch im Sarg sehen!«

Zizos Fluchen erreicht Lewana nicht mehr, er ist bereits im Hof und läuft mit rotem Gesicht und flammenden Ohren zwischen den Tannen umher. Er könnte weinen, aber ihm kommen keine Tränen. Er geht durch den menschenleeren Hof, von Tanne zu Tanne, und spürt, wie sich der Schmerz in seinem Körper auflöst, nach und nach versickert und sich irgendwo auf einem unbekannten Grund absetzt. Im Hof trottet der Hund, auf der Straße fährt ratternd ein Bus vorbei und spuckt, als würde er brennen, schwarzen Rauch aus.

Nach der offiziellen Begrüßung in der Turnhalle, versammelt sich eine kleine Runde in Zizos Zimmer. Irakli staunt, als Deborah ihm gleich, beim Betreten des Raums mit weit geöffneten Armen entgegenkommt und fröhlich ausruft: »Jetzt sind wir allein, und ich kann dich endlich in die Arme schließen!«

Dali bringt den Gästen Kaffee und ein paar Pryanik-Kekse. Als sie sieht, wie Deborah und John Irakli ans Herz drücken, kommen ihr wieder die Tränen.

Irakli, knallrot im Gesicht, versteht vor Aufregung kein einziges Wort, ganz gleich, ob man Georgisch oder Englisch auf ihn einredet. Wieder wundert er sich, dass Deborah ihm direkt in die Augen schaut und Englisch mit ihm spricht, als wäre er bereits ein Amerikaner.

»Vielleicht denken sie, dass ich die Sprache kann ...«, überlegt Irakli. »Sie werden die Wahrheit erfahren und böse auf mich sein ...«

Aber Deborah spricht weiterhin freundlich zu ihm:

»Lange haben wir auf diesen Tag gewartet, Irakli! John und ich, wir freuen uns sehr, dass du zu uns kommen wirst. Hoffentlich wirst du dich bei uns nicht langweilen ... Unsere Kinder sind schon groß und leben woanders, außer dir wohnt kein anderes Kind im Haus, und wir hoffen, wie gesagt, dass du dich mit uns nicht langweilst. Aber wir haben eine große Familie, alle wohnen in der Nähe ... sogar zwei kleine Enkelkinder ...«

Deborah lacht auf, als sei ihr gerade etwas Amüsantes eingefallen, und wendet sich an Madonna, die ihre Sätze für Irakli ins vertraute Georgisch übersetzt:

»Also, Deborah meint, sie muss dir jetzt nicht alles auf einmal erzählen. Sie meint, ihr werdet sicherlich noch viel Zeit haben, einander alles zu berichten, ihr habt vieles vor euch ... «, sagt Madonna trocken und geschäftig zu Irakli. Er steht versteinert und schwitzend da.

Auch John mischt sich in das Gespräch ein:

»Willst du mitkommen und dir Amerika ansehen?«, lächelt er Irakli offenherzig zu.

Dann fängt das Ehepaar, von Madonna unterstützt, ein Gespräch mit Zizo an. Deborah und John wollen jeden Winkel des Internats kennenlernen. Ihrer Meinung nach würde ihnen dies sehr helfen, Iraklis Charakter und seine seelische Entwicklung besser zu verstehen.

Als Irakli und Lela den Raum verlassen, werden sie von den Kindern umringt und bestürmt, sie versuchen, etwas herauszukriegen, wissen aber selbst nicht, was.

Am nächsten Tag führt Madonna die Gäste durch Tbilissi. Deborah und John wollen auch Irakli mitnehmen, damit sie einander bei dieser Gelegenheit besser kennenlernen und etwas vertrauter miteinander werden. Irakli ist schüchtern, er möchte, dass Lela mitkommt, aber niemand lädt sie dazu ein. Auf Deborahs und Johns Wunsch hin öffnet Lela das Schultor erst, als alle Kinder zusammen mit Dali im Speisesaal verschwunden sind, damit keines enttäuscht ist, wenn Schalwa das Auto aus dem Hof fährt und die amerikanischen Gäste Irakli in sein unbekanntes Glück entführen.

Es wird Abend, und Irakli ist noch nicht von seinem Ausflug zurückgekehrt. Nach einem kurzen Regenschauer geht Lela auf den Sportplatz und läuft ziellos umher. Niemand ist draußen, alle haben es sich mit Dali im Fernsehzimmer gemütlich gemacht.

Hoch oben auf der eisernen Wendeltreppe raucht Lela eine Zigarette. Bisher ist alles nach Plan verlaufen, denkt sie. Alles Mögliche schwirrt ihr durch den Kopf. Mal blitzen Deborahs und Johns Gestalten auf, mal hat sie Iraklis gerötetes Gesicht vor Augen, dann wieder sieht sie Wano vor sich, der am Rand des herabgestürzten Balkons steht und von ihr in die Tiefe gestoßen wird. Über den Winter schieb ich es nicht mehr auf, denkt Lela. Wenn Irakli geht, bring ich es endlich hinter mich.

Von der Feuertreppe aus sieht Lela über das Birnenfeld und den kleinen Hof vor dem Badehaus. Im Hof kläfft ein Hund, aus dem Badehaus kommen zwei Wäscherinnen, die sich miteinander unterhalten. Das Echo ihrer leisen Stimmen verliert sich in der warmen Septemberluft. Lela erreichen nur Bruchstücke des Gesprochenen, als verfolgten die Wörter einander und könnten sich doch nicht einholen. Die Frauen, müde, abgearbeitete Geschöpfe mit schweren Körpern, überqueren den Sportplatz und verschwinden aus Lelas Blickfeld.

Die Dämmerung ist noch nicht völlig der Dunkelheit gewichen, da kehrt Irakli von seinem Ausflug zurück. Als er das Wärterhäuschen betritt, merkt Lela sofort, dass etwas nicht stimmt. Er kommt an ihr Bett und setzt sich vorsichtig, leicht wie eine Daunenfeder.

»Na, wie war's?«

Irakli antwortet nicht. Lela mustert ihn im Mondlicht, das durch das Fenster des Wärterhäuschens dringt. Iraklis Gesicht sieht noch fahler aus als sonst.

»Was ist los?«

Irakli schweigt.

»Was hast du?« Lela rüttelt ihn.

Irakli wehrt sich und verzieht gequält das Gesicht.

»Mein Bauch ...«, murmelt er.

Lela lässt ihn los und steht auf. Sie schraubt die Glühbirne ein, und das Zimmer erstrahlt in gelblichem Licht. Irakli krümmt sich auf dem Bett.

»Was hast du denn gegessen?«

»Chinkali ...«, ächzt Irakli.

»Und das ist dir nicht bekommen?«

»Ich hab noch Fleischspieße gegessen ... und Lobiani ...«

»War es nicht gut?«

»Doch ...«, Irakli ächzt wieder.

»Hast du viel gegessen?«

»Ja ...«, sagt er und beginnt zu schluchzen. »Mir ist schlecht ...« Er krampft sich zusammen: »Scheiße ... Mir ist so schlecht ...«

»Du hast etwas nicht vertragen, komm, du musst es wieder auskotzen«, sagt Lela und hilft ihm aufzustehen.

Irakli folgt Lela ins Hauptgebäude, wo sie ihn im Erdgeschoss auf die Toilette am Ende des Flurs führt. Der

Gestank dort wirkt Wunder, Irakli leert seinen Magen in hohem Bogen und überlässt die Reichtümer der georgischen Küche der Kanalisation. Lela dreht den Hahn auf, und das Wasser schießt so stark heraus, dass die beiden nassgespritzt werden. Wie benommen wäscht sich Irakli das Gesicht.

»Und das alles für nichts ...«, bedauert Irakli, als sie das Gebäude verlassen.

»Komm schon, in zwei Tagen bist du in Amerika, was trauerst du den paar Chinkali nach!«

Chatuna, die junge Praktikantin aus Rustawi, kommt ihnen aus dem Speisesaal entgegen, sie hat gehört, Irakli gehe es schlecht, und eilt mit einer Tasse Tee zu ihm.

»Ich will nicht ...«, nuschelt er und fuchtelt mit den Händen, als wäre ihm beim Anblick der Tasse Tee erneut übel.

»Schlaf ein bisschen, danach geht es dir besser«, tröstet Chatuna den Jungen, der sich stöhnend auf Lelas Bett im Wärterhäuschen wälzt. Die Praktikantin legt ihm die Hand auf die Stirn und wirkt etwas verunsichert.

»Soll ich vielleicht Zizo anrufen oder Dali?«

»Nein, es geht schon«, wirft Lela ein und lacht: »Er hat ein bisschen zu viel gegessen, sein Magen ist wohl nicht an das gute Leben gewöhnt.« Auch Chatuna muss lachen, während sich Irakli in die Decke wickelt und zur Wand dreht.

»Und wo schläfst du?« Chatunas Blick streift über den engen Raum des winzigen Wärterhäuschens.

»Ich setz mich dorthin, zwei Tage werd ich es schon

durchhalten, und dann ab mit ihm nach Amerika!« Lela packt Irakli an der Schulter und rüttelt ihn, aber er stöhnt nur.

Als Chatuna geht, schaltet Lela das Licht aus und legt sich zu Iraklis Füßen auf das Bett.

Nach und nach gewöhnen sich ihre Augen an die Dunkelheit, und langsam treten die Gegenstände wie Lebewesen im Mondlicht hervor: Tarielas glänzender Aschenbecher, der kleine Spiegel und das in der Ecke befestigte Kreuz, dessen Schatten an der Wand unheilverkündend lang und verzerrt erscheint. Irakli atmet unregelmäßig, und Lela weiß – er schläft nicht.

»Irakli!« Lela stupst ihn an den Füßen. »Erzähl, wo wart ihr denn?«

Der Junge windet sich, dann dreht er sich auf den Rücken, als machte er sich zum Erzählen bereit, gibt jedoch keinen Laut von sich – nur ein leises Aufseufzen: »Ach Gott.«

»He! Hast du auch deine Zunge ausgekotzt?« Lela versucht, mit der Fußspitze Iraklis Gesicht zu treffen.

»Lass mich …«, ertönt Iraklis heisere Stimme.

»Wo seid ihr gewesen, pack aus!« Lela gibt nicht nach.

»Wir haben was besichtigt …«

»Wart ihr im Restaurant?«

»Ja …«

»Was habt ihr gegessen?«

Es ist, als wollte Irakli etwas sagen, aber er überlegt es sich doch anders:

»Bitte, reden wir nicht übers Essen …«

»Gut. Dann erzähl, was ihr euch so angesehen habt.«

»Wir haben Tbilissi besichtigt, dann sind wir nach Mzcheta gefahren.«

»Ist das weit?«

»Ja.«

»Und dann? Erzähl weiter … hast du Englisch gesprochen?«

»Ja. Ich hab ›okay‹ und ›no‹ gesagt …«

Eine Weile schweigen sie.

»Als wir nach Mzcheta gefahren sind … dort waren eine Kirche und ein Priester. Wir sind da reingegangen … Auf dem Hinweg haben wir Denkmäler gesehen, ein Mann saß auf einem Pferd und hatte ein Schwert in der Hand.«

»Eine Statue?«

»Ja. Er saß auf einem großen Pferd, von unten sah man die Eier.«

»Die vom Mann oder vom Pferd?«, lacht Lela.

»Vom Pferd.«

»Und seinen Pimmel?«

»Das weiß ich nicht«, antwortet Irakli ernst.

»Wie war es denn in Mzcheta?«

»Gut.«

»Wie viele Chinkali hast du gegessen?«

»Lela, bitte … Mir ist schlecht …«

»Gut«, sagt Lela. »Dann sag doch wenigstens, was die Amerikaner gesagt haben.«

»Keine Ahnung, nichts haben sie gesagt …«

Lela steht auf. Träge nimmt sie eine Zigarettenschachtel aus ihrer Hosentasche und klopft einen Glimmstengel heraus. Dann tritt sie zum Rauchen hinaus in den Hof, in die laue Luft und nächtliche Stille.

Irma, Goderdsis neue Braut, ist für die Nachbarsfrauen eine Enttäuschung: Weder lächelt sie so charmant wie Weneras erste Schwiegertochter, noch läuft sie so elegant und graziös, wie sie es bei Manana gesehen haben. Anders als Goderdsis erster Frau würde man Irma nicht wirklich zutrauen, dass sie schon durch viele Betten gehüpft ist. Wahrscheinlich ließe sich auch bei größter Mühe kaum etwas in ihrem Leben finden, das man ihr ankreiden könnte. Kurzum, so viel Anständigkeit verbreitet Ruhe und Langeweile.

Diesmal ist nicht klar, wer den Tamada stellt – die Familie der Braut, die des Bräutigams oder jemand völlig anderes. Der jetzige Tamada ist ein kleinwüchsiger Mann mit einem leicht beleidigt wirkenden roten Gesicht und wulstigen Lippen. Wegen seiner Körpergröße muss er ständig irgendwelche Witzeleien ertragen, manchmal baut er diese Witze auch in seine Rede ein: »Jungs, lasst uns aufstehen ... Obwohl, bei mir bleibt es sich ja gleich, ob ich aufstehe oder nicht.« Bei solchen Scherzen lachen ein paar bärenstarke Männer begeistert auf, und in den Augen der Gäste verschafft sich der kleine Mann mit dem großen Trinkhorn den Respekt und das Wohlwollen aller.

Auch bei dieser Hochzeit ist Goderdsis Cousin anwesend. Wieder hat er seinen Nagant-Revolver seitlich im Gürtel stecken. Aber diesmal scheint er nicht gut drauf zu sein. Weder tanzt er, noch springt er auf den Tisch und feuert zur Decke. Überhaupt wirkt die Hochzeitsgesellschaft ein wenig apathisch. Als fehlte ihnen Manana, eine Frau, die sich in der Regel nicht mit einem Mann wie Goderdsi vermählen lässt, es aber, aus welchem Grund auch immer, trotzdem tut und damit dem Hochzeitsspektakel die nötige Spannung und Einmaligkeit verleiht.

Irma sitzt in einem schlichten weißen Satinkleid neben Goderdsi und lächelt schüchtern. Dieses Glück ruft sichtlich mehr Verlegenheit als Freude in ihr hervor. Befangenheit ist auch ihrer Mutter anzusehen. Obwohl die Frauen, einschließlich Wenera, sie mehrmals an den Tisch gebeten haben, will sie nicht an der Tafel sitzen und mitfeiern. Lieber ist sie in der Küche und beim Auftischen der diversen Speisen behilflich. Vermutlich wird Irma mit dem Tag, an dem sie mit Wenera und Goderdsi in ihre zukünftige Wohnung einzieht, ihr weißes, in Eile genähtes Hochzeitskleid ablegen, sich wie ihre Mutter in den Haushalt stürzen und bis zum letzten Atemzug mit der Ausdauer eines treuen Esels schuften.

In einer Ecke des Speisesaals ist wieder ein Tisch für die Kinder gedeckt. John und Deborah sind die Ehrengäste. Die besten Plätze an der Hochzeitstafel, von denen sie einen direkten Blick auf das Brautpaar gehabt hätten, waren für sie reserviert, doch sie verzichteten dankend und setzten sich lieber an den Kindertisch. Die zerzauste Dali, die gerade dabei war, ihren Fisch mit der Hand zu essen, wird unsicher: dass sie jetzt neben den Ehrengästen sitzen muss, verschlägt ihr den Appetit. Auch Madonna folgt Deborah und John, greift aber so ungeniert zu, dass Dali sich wundert, wie sie in Anwesenheit der amerikanischen Gäste so genüsslich essen und sich gleichzeitig in der fremden Sprache unterhalten kann. Dalis Respekt für Madonna wächst. Unter den Gästen ist auch Zizo, die ihre jüngste Tochter mitgenommen hat, ein elfjähriges, farbloses Mädchen mit kariösen Zähnen und ängstlichem Gesicht, das seiner Mutter nicht von der Seite weicht und von niemandem angesprochen werden möchte.

»Iss doch was, mein Schatz ... Es ist alles sauber zubereitet. Komm, setz dich.« Zizo lässt ihre Tochter neben sich Platz nehmen. Das Mädchen schüttelt den Kopf und schmiegt das Gesicht an den Arm der Mutter, als wollte sich irgendwo verstecken.

Die Musiker treffen ein. Es ertönen die Flöten – die Dudukis, und die Schläge der Trommel fordern die Gäste zum Betreten der Tanzfläche auf. Einige junge Frauen in Festkleidern wagen sich gemeinsam auf die Tanzfläche. Kurz darauf eilt ein junger Mann mit offenen Armen und entschlossenem Tanzschritt zu den Frauen. Erst zieht er tanzend einen Kreis um sie, dann stürmt er in die Mitte, nimmt sie in Besitz und scheucht die Frauen auseinander. Deborah und John folgen verzaubert diesem Auftritt, und John scheint dermaßen angetan zu sein, dass ihm fast die Tränen in die Augen steigen.

Glück und Freude überkommt beide, aber gleichzeitig ist es, als täte es ihnen leid, als schämten sie sich dafür, ihren auserwählten Irakli aus diesem Traumland fortzubringen, irgendwohin in eine ferne Welt, nach Amerika, wo niemand so feurig die Tanzfläche einnehmen und seine Kreise ziehen würde, vor keinem Gast, auf keiner Hochzeit, bei keinem Festgelage.

9

Der Tag des Abschieds ist gekommen.

Bevor Lela das Wärterhäuschen verlässt und sich den Amerikareisenden am Schultor anschließt, stellt sie sich vor den Spiegel, blickt auf das Kreuz in der Ecke und bekreuzigt sich dreimal.

Irakli steht am Tor, mit seinem kleinen, schwarzen Koffer, einem Geschenk von Deborah. Um den Hals trägt er den kleinen Stoffbeutel einer Fluggesellschaft, ebenfalls ein Mitbringsel der Amerikaner, in dem sich sein Reisepass befindet.

Wieder einmal versammeln sich alle Kinder vor dem Schultor.

Irakli blättert in seinem nagelneuen Reisepass. Auf eine der vielen leeren Seiten ist das Visum für die USA gestempelt, mit Iraklis Foto. Irakli erlaubt Stella, den Pass in die Hand zu nehmen und ihn sich näher anzusehen. Stella geht aufmerksam Blatt für Blatt durch, dann schlägt sie die letzte Seite mit Iraklis Foto auf. Plötzlich will Lewana Stella den Pass aus der Hand reißen, Stella gerät in Panik. Sie kreischt laut auf, als würde ihr etwas höllisch wehtun:

»Du zerreißt ihn! Du machst ihn kaputt!«, schreit sie, und ihr blasses, schmales Gesicht läuft rot an. Sie streckt sich so gut sie kann und reckt den Arm hoch, um den Pass vor dem Angreifer in Sicherheit zu bringen, dabei schaut sie hilferufend zu Irakli.

»Gib ihm den Pass«, sagt Irakli zu Stella, die ihn erschrocken anblickt. Es ist kein Befehl, Stella soll Lewana vertrauen.

Besänftigt, aber widerstrebend reicht Stella ihm den Pass. Lewana öffnet vorsichtig das bordeauxfarbene Büchlein und vertieft sich in das Dokument wie in einen Liebesbrief.

»Lass es dir gut gehen, Irakli!«, sagt Dali und bekommt feuchte Augen. Nach der Lektüre gibt Lewana Irakli den Pass zurück und bittet ihn, ihm aus Amerika ein Auto und eine Pistole zukommen zu lassen. Die Kinder brüllen vor Lachen.

Auch Stella verabschiedet sich von Irakli und schmiegt sich an ihn. Waska, diesmal mit einem etwas verblassten Lächeln, steuert auf Irakli zu, und die beiden geben einander die Hand, als würden sie sich im Armdrücken messen wollen.

Nun umarmt Dali Irakli.

»So weit weg ist noch keiner gegangen ...«, schluchzt sie.

»Doch, Dali-Lehrerin, und zwar Sergo!«, meldet sich Lewana, richtet seine Augen gen Himmel und spricht mit übertriebener Ernsthaftigkeit: »Lieber Gott, möge unser Freund Sergo in Frieden ruhen, in aller Ewigkeit. Amen!«

»Sei still!«, fährt Dali erschrocken dazwischen. Zizo, die in der Nähe steht und sich angeregt mit Madonna unterhält, wirft Lewana einen tödlichen Blick zu:

»Dich knöpf ich mir noch vor!«

John macht ein Gruppenfoto von den Kindern, mit

Irakli in der Mitte. Alle wollen neben ihm stehen, als kämen sie nicht aufs Bild, wenn sie sich nicht dicht um ihn drängten.

Dann erscheint Marika, sonnengebräunt, zurück aus den Ferien. Sie trägt ein kurzes, gelbes, mit kleinen, blauen Blumen übersätes Trägerkleid, ihre Haare fallen auf die braungebrannten Schultern. Die Sonne hat noch mehr Sommersprossen über ihr Gesicht verstreut. Beim Anblick der so luftig gekleideten und lächelnden Marika erstarrt Lewana.

Marika überreicht Irakli ein kleines Englisch-Wörterbuch – ein Geschenk für die weite Reise.

»Dik-schenari!«, freut sich Irakli.

Es ist heiß. Die Sonne sticht vom Himmel. Und Schalwa, der Fahrer, beschließt schon mal den Motor anzulassen. Saira überquert schnellen Schrittes die Kertsch-Straße und eilt zu den am Tor versammelten Internatsleuten. In einer Tüte bringt sie verschiedene Süßigkeiten aus ihrem Kiosk mit, verteilt sie an die Kinder und umarmt Irakli:

»Vergiss uns nicht, Irakli!«

Ein weißes Auto fährt vor, eine ausländische Marke. Es ist Zizos Ehemann, Temur, ein dünner, kahlköpfiger Mann mit eingedrückter Nase und einem aufrichtigen, warmen Lächeln. Sein Gesicht zeigt keine gesunde Färbung, offensichtlich raucht er wie ein Schlot, ständig kämpft er mit Hustenanfällen.

Zizo fordert die Mitfahrenden auf, sich auf die beiden Autos zu verteilen. Madonna und das amerikanische

Paar steigen bei Schalwa ein, Zizo und ihr Mann nehmen Irakli und Lela mit.

Dali bleibt wieder einmal allein beim Schultor zurück, zusammen mit ihren Taufkindern, die den abfahrenden Autos hinterherwinken.

Während der Fahrt sieht Lela aus dem Fenster und stellt sich vor, wie es wäre, wenn an Iraklis Stelle sie nach Amerika fliegen und für immer das Internat und die Kertsch-Straße verlassen würde. Alles bliebe hinter ihr zurück: das Internat, Dali, die Kinder ... auch die Lehrer: Awto, Gulnara, Wano und Zizo ... die Praktikantin Chatuna. Auch Saira mit ihrem Kiosk und den Süßigkeiten. Marika und Koba, Goderdsi, dessen neue Frau Irma und der gesamte Nachbarblock wären Vergangenheit.

Irakli hat das Fenster heruntergelassen und hält sein Gesicht in den Fahrtwind. Er ist still, in sich gekehrt und wirkt friedlich, vielleicht sogar zufrieden. Auf einmal sieht er nicht mehr wie ein Kind aus, sondern wie ein Erwachsener mit einer Geschichte, die er gerade zurücklässt.

»Ich weiß, wo wir sind!«, stößt Irakli aus, als er im Vorbeifahren eine Straße und ein Gebäude erkennt.

Lela nimmt flüchtig die entlang der Straße aneinandergereihten Gebäude, Geschäfte, Kioske und die Menschen wahr, die schnell aus ihrem Blickfeld verschwinden und hinter ihnen zurückbleiben.

»Wenn ich vom Flughafen zurück bin, bring ich Wano um ...«, denkt Lela. »Und dann geh ich weg. Ich werde wie die anderen draußen sein ...« Lela stellt sich vor, wie das wäre, und sieht sich selbst irgendwo auf einer Straße laufen. Sie stellt sich vor, dass sie stehen bleibt und die Passanten nach der Mardschanischwili-Straße fragt. Dann geht sie weiter und sucht. Sie sucht Jana. Sie stellt sich vor, dass sie Jana findet und die alte Internatskameradin sie in ihre Ein-Zimmer-Wohnung mitnimmt. »Wenn sie mich verhaften, komm ich bestimmt bald wieder frei, vielleicht stecken sie mich auch ins Irrenhaus ...«, denkt Lela. Und sie stellt sich wieder Jana vor, doch die ist noch genauso jung wie damals, als sie das Internat verlassen hat, als wäre sie danach nicht mehr gewachsen. Jana trägt noch immer das karierte, bis oben zugeknöpfte Hemd, den Mund wie früher fest zusammengekniffen. Lela bietet ihr an, die gesamte Mardschanischwili-Straße abzulaufen und alle Mülltonnen zu durchwühlen, wenn sie wollte. Janas Wohnung ist wie die von Msia. Im Eingang steht eine Spiegelkommode, darauf der gleiche Telefonapparat wie bei Msia. Jana trägt eine ähnliche Schürze wie Msia, und in der Wohnung duftet es nach frischem Gebäck.

»Komm mit!«, sagt Jana mit zusammengekniffenem Mund zu Lela. Sie verlassen die Wohnung und gehen hinaus auf die Straße. Sie müssen etwas erledigen. Dann fällt Lela wieder ein, dass Irakli nach Amerika geht, und sie verscheucht die Gedanken an Jana.

Gleich beim Aussteigen, am Flughafen, klagt Irakli, er habe Kopfschmerzen und ihm sei schlecht. Aber Lela meint, für so was sei jetzt keine Zeit.

Nach dem Einchecken lädt John alle in das einzige Flughafen-Café ein, wo sie ein schlecht gelaunter, übermüdeter Kellner empfängt. Er schiebt zwei Tische zusammen und legt ein paar Speisekarten so aus, als lägen darin bereits die zu bezahlenden Rechnungen.

Kaffee, Säfte, Kuchenstücke und Sandwiches werden aufgetragen. Temur setzt sich nicht an den Tisch, er hat einen Bekannten entdeckt und unterhält sich in einiger Entfernung mit ihm. Auch Schalwa lehnt die Einladung ab und geht geduldig hin und her.

»He, freust du dich nicht?«, fragt Lela Irakli, der lustlos in einem Cremekuchen herumstochert.

»Nein«, erwidert Irakli.

»Na, verarsch mich nicht.« Lela gibt ihm einen Klaps auf den Hinterkopf, und Irakli fällt mit der Nase vornüber in die Creme. Madonna und Zizo kichern, John aber schaut gekränkt zu Lela hinüber, wie ein Vater, dessen Sohn respektlos behandelt wurde.

Nach dem Café versammeln sich alle vor der Rolltreppe. John und Deborah drücken Zizo und Lela an sich, Temur und Schalwa geben sie nur die Hand, kräftig und ebenso herzlich, doch mit schlechtem Gewissen, dass sie sich noch nicht nah genug gekommen sind, um einander zu umarmen. Jetzt ist Irakli dran: Zuerst drückt Zizo ihn ans Herz. Sie versucht die Umarmung zu verlängern, als wartete sie, dass ihr die Tränen in die Augen schießen. Dann drückt ihn Madonna fest an sich. Temur legt Irakli die Hand auf die Schulter:

»Mach's gut, Kumpel! Halt die Ohren steif!«

Auch Irakli und Lela umarmen einander, aber nur kurz und trocken, ohne Worte und Tränen.

John zieht einen kleinen, schwarzen Koffer und betritt die Rolltreppe, während er den Zurückbleibenden mit einem warmen Lächeln zuwinkt. Irakli und Deborah folgen ihm, nun fahren alle drei hinauf.

Sie sind fast oben, als sich Irakli plötzlich umdreht, sich an Deborah vorbeizwängt und die Rolltreppe in entgegengesetzter Richtung hinunterrennt. Er drängelt sich zwischen den Reisenden hindurch, einer jungen Frau fällt die Tasche aus der Hand.

»John, John ... Irakli, Irakli ...«, schreit Deborah verzweifelt. Irakli durchbricht den Menschenpulk, der sich am Fuß der Rolltreppe staut, und steuert mit weit ausholenden Schritten ein unbestimmtes Ziel an.

»Ich glaub, ihm ist schlecht ...«, sagt Lela und rennt ihm nach.

Zizo und Madonna stehen fassungslos da, ihnen hat es die Sprache verschlagen.

Das amerikanische Ehepaar fährt von der ersten Etage des internationalen Flughafens Tbilissi mit der Rolltreppe wieder ins Erdgeschoss. Dort werden sie von Zizo, ihrem Mann und Madonna empfangen. Johns knallrotes Gesicht zeigt Betroffenheit, Deborah ist kreidebleich.

»Ich glaube, er ist auf die Toilette gelaufen, ihm ist schlecht ...«, sagt Zizo. »Er ist aufgeregt, wahrscheinlich deshalb ...« Madonna übersetzt und fügt noch einiges auf Englisch hinzu, vermutlich um John und Deborah zu beruhigen.

»Kommt, gehen wir zur Seite, wir stehen im Weg …« Temur lotst die aufgeregte Gruppe von der Rolltreppe weg. Auch Schalwa, der sich bisher zurückgehalten und den ganzen Tag so gut wie nichts gesagt hat, erhebt nun seine Stimme und verkündet, er werde Irakli suchen gehen, als gehöre dies selbstverständlich zu seinen Aufgaben. Er zieht die dichten, zusammengewachsenen Augenbrauen hoch, richtet sich die Hose und ist kurz darauf im bunten Gemisch der Menschen im Flughafen untergetaucht.

Lela findet Irakli am Eingang zu den Toiletten. Er steht orientierungslos da, als hätte man ihm plötzlich das Gedächtnis geraubt und er wüsste nicht, wer er ist, was er wollte und wie er überhaupt hierher geraten war.

»Hast du sie nicht mehr alle?«

Irakli schweigt.

»Hast du gekotzt?«

»Nein«, erwidert Irakli.

»Wieso rennst du dann weg, bist du bescheuert? Willst du, dass alle eine Herzattacke kriegen? Komm jetzt runter und mach keinen Scheiß!« Lela gibt Irakli einen Stoß, drückt ihn mit dem Rücken an die Wand und funkelt ihn an: »Du hebst jetzt deinen Arsch, kommst mit und sagst zu deinen Eltern oder wer auch immer die sind Ayemsorri, kapiert?!«

Irakli schweigt.

»Hast du verstanden, was ich gesagt habe? Entweder gehst du jetzt und kotzt, oder du bewegst deinen Arsch!«

»Ich will nicht! Ich will nicht nach Amerika!«, stößt Irakli plötzlich hervor. Er verzieht das Gesicht, als würde er gleich weinen, aber die Tränen kommen nicht, weil sie ihm im Hals stecken und sauer werden.

Lela holt mit der Hand aus und versetzt Irakli eine kräftige Ohrfeige. Der Junge prallt gegen die Wand, sinkt in die Knie und beginnt zu heulen. Plötzlich wird Lela am Arm gepackt – es ist John, der unerwartet aufgetaucht ist und sie mit voller Kraft zu sich dreht. Lela wundert sich über seine Wut. Was soll das denn?, denkt sie und schaut John an, der sich in einen anderen Menschen verwandelt hat – sein Gesicht ist hart, das Lächeln verschwunden. Er schüttelt Lela und redet aufgebracht, fast schreiend auf sie ein.

Was will der denn von mir, Lela schaut sich fragend zu der kleinen Versammlung um, darunter auch Madonna, die John zu beruhigen versucht. John lässt Lela los und erklärt ihr empört, Lela habe Irakli eine Ohrfeige verpasst. Er ist außer sich und hat Mühe, die richtigen Worte zu finden. Plötzlich nimmt er Zizo ins Visier, steuert mit erhobenem Zeigefinger auf sie zu und redet aufgeregt auf sie ein, als hätte er gerade einen Verbrecher überführt. Zizos Gesicht glüht, sie weiß nicht, wie sie auf Johns Anschuldigungen reagieren soll. Sie reckt unschlüssig den Nacken und sucht nach Worten. Es ist, als verstünde sie diesen Mann und seine Wut sehr gut, als wäre sie sogar einer Meinung mit ihm, obwohl es für derlei Erkenntnisse jetzt viel zu spät ist.

»Ich hab ja gesagt, dass man einen alten Esel wie Irakli nicht fortlassen kann, aber ihr habt mir nicht geglaubt! Und jetzt haben wir den Salat!«

Deborah eilt zu Irakli, der mit angewinkelten Beinen auf dem Boden sitzt, den Kopf zwischen den Knien versteckt.

»Irakli …« Deborah fasst ihn vorsichtig am Arm und geht mühevoll in die Hocke. Dann bedeutet sie Madonna, zu übersetzen, was sie sagt.

»Irakli, was ist mit dir los, fragt sie dich …«, sagt Madonna. »Genier dich doch nicht, ist doch nicht schlimm, wenn dir schlecht ist … Du kannst in aller Ruhe aufs Klo gehen … Du kannst auch an die frische Luft, Lela begleitet dich, wenn du willst … Wir haben noch etwas Zeit, es ist kein Problem, sagt sie.«

Plötzlich hebt Irakli den Kopf, schaut Deborah mit verweinten Augen an und schreit ihr ins Gesicht:

»Ich will nicht nach Amerika! Ich will nicht nach Amerika!«

Madonna erstarrt. Obwohl Deborah nicht genau versteht, was Irakli sagt, wirkt sie bestürzt. Mit Herzklopfen und in Vorahnung des Schlimmsten schaut sie Madonna an und wartet, dass diese ihr Iraklis Erwiderung übersetzt. Aber Madonna schweigt.

»What did he say? What did he say about America?«

»Nothing!«, erwidert Madonna schroff und blickt Irakli durchdringend an:

»Junge … mach mich jetzt nicht verrückt! Blamiere mich nicht vor diesen Leuten, steh auf und folge der Frau zum Flugzeug, mehr wird von dir nicht verlangt! Du musst nur ins Flugzeug einsteigen, und wenn du dann aussteigst, wirst du ganz woanders sein … Irakli, du wirst ein gutes Leben haben ... Du wirst alles haben! Sie werden dich nicht mitnehmen, wenn du dich so widersetzt ...«

Plötzlich steht Irakli auf, nimmt den Stoffbeutel, in dem sich sein Reisepass befindet, vom Hals und schleudert ihn wie eine Trumpfkarte zu Boden. Ohne ein Wort zu sagen, geht er weg.

»What did he say? He doesn't want to come with us?«, versucht Deborah das Geschehene zu begreifen.

»Beruhigen Sie sich, liebe Frau Deborah«, sagt Temur und hilft ihr beim Aufrichten. Sie zittert und ist in Tränen aufgelöst. Zizo kommt es vor, als streichelte Temur der Frau über ihre weiße, weiche Hand. Energisch geht sie auf die beiden zu und zieht Deborah zur Seite, dabei blitzt sie ihren Ehemann böse an.

»Wir schaffen das schon, Deborah«, redet Zizo verzweifelt Georgisch auf sie ein. »Mach dir keine Sorgen ... Er ist halt ein Kind, dumm und hirnlos ... Was versteht er denn von Amerika!« Sie wirft ihrem Mann einen entrüsteten Blick zu: »Halt du dich da raus«, zischt sie und hält sich die geballte Faust unter die Nase. Temur zuckt mit den Schultern, und als wäre er bei einer Unanständigkeit ertappt worden, tritt er beschämt zur Seite.

Irakli geht zielstrebig weiter, Richtung Ausgang, und Lela, Madonna, Zizo und Deborah laufen ihm nach. Doch John holt sie alle ein, versperrt ihnen den Weg. Seine gesträubten dünnen Haare stehen ihm elektrisiert zu Berge. Wie der Allmächtige verkündet er:

»Let me do it.«

Als John Irakli einholt, fasst er ihn vorsichtig am Ellbogen und will ihm etwas sagen, aber Irakli weicht aus, entwischt ihm und läuft noch schneller.

»Irakli ...« John hastet ihm hinterher. »Irakli ... we can do it the way you want. If you don't want to come with us, it's okay, we won't be angry. It's up to you.«

Madonna läuft John fast kraftlos nach und zwängt sich durch eine gerade eingetroffene Sportmannschaft. Dabei versucht sie, ihre Stimme bis zu Irakli durchdringen zu lassen und trotz widriger Umstände ihre Rolle als Dolmetscherin treu zu erfüllen.

Dann fasst John Irakli erneut am Ellbogen, stoppt ihn und dreht ihn zu sich. Als Irakli John ins Gesicht schaut, ist dieser wieder wie verwandelt: Er lächelt dem Jungen herzlich zu und sieht ihn verständnisvoll mit einem gütigen, weichen Gesicht an. Lediglich seine Haare stehen noch immer zu Berge. Plötzlich verliert Irakli die Fassung:

»Fakju bastard! Ai killju! Ai killju!«, schreit Irakli und versucht sich aus Johns erschlaffender Hand zu befreien.

Auf Johns weichem Gesicht erstirbt das Lächeln, noch ist er sich nicht sicher, ob er Iraklis Worte wirklich verstanden hat. Jetzt holen auch die anderen John und Irakli ein: zuvorderst Temur, der sich wieder traut, dahinter Madonna, Zizo und Deborah. Irakli bleibt in einiger Entfernung stehen, als stünde er bissigen Hunden gegenüber und es wäre weniger gefährlich, ihnen trotzig standzuhalten, als vor ihnen zu fliehen:

»Fakju old bastard! Ai killju! Ai killju! Dontatsch mi!«,

schreit Irakli erneut John an. Und Lela muss daran denken, wie er während des Sommerregens im Bettenzimmer auf- und abhüpfte.

Vor Aufregung wird Deborah ohnmächtig. Temur eilt ihr zu Hilfe, ergreift die zusammensackende Frau und gleitet zusammen mit ihr zu Boden, als wären sie ein sich küssendes Liebespaar. Als Zizo ihren Mann sieht, der sich mit Deborah auf dem Boden wälzt, muss sie sich zusammenreißen.

»Deborah, Deborah ...« John stürzt erschrocken zu seiner Frau. Er ist kreidebleich.

Schalwa und Madonna helfen Deborah, sich aufzurichten, aber es gelingt nicht ganz und sie wird auf dem Fußboden lediglich in eine Sitzposition gebracht. Eine ältere Frau eilt mit einer Wasserflasche zu ihnen. Sie kniet sich neben Deborah und massiert ihr mit den von der Sonne gegerbten Händen Stirn und Ohren.

»Ausländerin nicht wahr?«, fragt sie mit ihrem ruhigen, kachetischen Akzent und gibt Deborah, die gerade die Augen geöffnet hat, Wasser aus der Flasche zu trinken.

»O Gott, mein Herz ist fast zersprungen ...«, stöhnt Madonna. »Ja, sie ist Ausländerin.«

»Sie ist wohl erschöpft ... Bringt sie hinaus, sie muss an die frische Luft«, sagt die Frau.

»Frische Luft? Wo denn?«, meldet sich ein Mann, der anscheinend ihr Ehemann ist. »Bei uns in Kardanachi schon, aber doch nicht hier! Wahrscheinlich habt ihr der armen Frau zu viel zu trinken gegeben, und sie hat es nicht vertragen.«

Deborah, die etwas zu sich gekommen ist, wird zu den Sitzen geführt und hingelegt. John ergreift die Hand seiner Frau und flüstert ihr etwas zu.

»Sie muss die Beine hochlegen«, meint Temur eifrig, aber seine Frau schleudert ihm wieder einen bitterbösen Blick zu und bringt ihn zum Schweigen.

Irakli steht immer noch ungerührt an derselben Stelle, als wunderte es ihn, wie leicht es gewesen ist, die um ihn versammelten bissigen Hunde auseinanderzujagen. Alle wuseln um Deborah herum, kümmern sich um sie und beruhigen sie, während die fremden Menschen im Flughafen völlig teilnahmslos an ihnen vorbeigehen, als wären sie Wesen einer anderen Gattung, die zu Iraklis Überraschung keinerlei Grund haben, ihn anzubellen.

Bald ist eine laute Durchsage zu vernehmen, dass sich John und Deborah Sheriff sowie Irakli Zchadadse umgehend zum Ausgang begeben sollen, woraufhin John seiner Frau beim Aufstehen hilft. Das amerikanische Ehepaar geht zur Rolltreppe, ohne Irakli, gefolgt von ihren Begleitern, die sich, jeder so wie er kann, zu entschuldigen versuchen: Madonna bittet auf Englisch um Verzeihung, Zizo auf Georgisch, Temur behilft sich mit Russisch und begleitet Deborah mit traurigem Blick zur Rolltreppe.

Dort bleibt John stehen, um sich noch einmal von den Gastgebern zu verabschieden – diesmal nur mit einem Händeschütteln und ohne Umarmungen. Er entschuldigt sich bei Zizo und Madonna: Er und Deborah hätten mehr Zeit in Georgien verbringen und Irakli näher kennenlernen sollen, aber vielleicht sei es so für beide Seiten sogar besser.

»Wir gehen dann mal ... Wir fahren selber ins Internat zurück«, wirft Lela ein und schaut dann hoch zu Deborah und John. Die beiden stehen bereits auf der Rolltreppe – wie zwei im Nebel auf einer Stromleitung zusammengekauerte Vögel, bei deren Anblick Lela mit plötzlicher Ehrlichkeit ausstößt:

»Gudbai John, gudbai Deborah.«

Lela und Irakli verlassen den Flughafen. Am Ausgang stehen einige Taxifahrer, die in Tbilissi angekommene Reisende abfangen, indem sie sich ihnen in den Weg stellen und auf ihre Existenz aufmerksam machen.

Sie steigen in eines der Taxis.

»Habt ihr Gepäck?«

»Nein«, sagt Lela. »Wir möchten in die Kertsch-Straße.«

Der Mann schaut sich misstrauisch nach ihnen um.

»Wo denn, nach Gldani?«

»Ja.«

»Das macht fünfzehn Lari«, sagt der Fahrer.

»Ist gut. Wir zahlen.«

»Na dann!«

Der Fahrer startet das Auto und verlässt das Flughafengelände.

Während der Fahrt schaut Lela nicht zu Irakli, doch es kommt ihr so vor, als würde er weinen. Der Fahrer hat die Musik laut aufgedreht, irgendwelche Schlager über die Liebe, an volkstümliche, georgische Melodien angelehnt. Die nasale Stimme klingt so laut und herzzerreißend, als litte der Sänger unter schlimmem, unheilbarem Liebesschmerz. Lela und Irakli sitzen in diesem lauten, eindringlichen Gewimmer wie betäubt da.

Nach einiger Zeit fällt Irakli etwas ein, er wendet sich an Lela und muss, damit sie seine Frage versteht, fast schreien:

»Meinen Koffer hat wahrscheinlich das Flugzeug mitgenommen, oder?«

Lela hält einen Moment lang inne, als würde die Frage sie wahnsinnig machen:

»Ich scheiß auf deinen verfickten Koffer und obendrauf auf dich! Kapiert?«

Irakli verstummt. Er dreht sein blasses Gesicht zum Fenster und schaut hinaus, um all die Beschimpfungen Lelas, all sein Herzweh, seinen Koffer und das große, nicht gesehene Amerika den Bäumen zu überlassen, die ihn von den Straßenrändern her anblicken und sich in Sekundenschnelle wieder von ihm entfernen.

Unweit von der Kertsch-Straße lotst Lela das Taxi zu einem der Kioske am Straßenrand und bittet den Fahrer, kurz anzuhalten.

»Dem Jungen ist schlecht, ich werd ihm einen Kaugummi kaufen«, sagt Lela. Der Fahrer stellt den Motor ab und nimmt ein Wischtuch, um sich ein paar beschäftigungslose Minuten zu vertreiben und die Windschutzscheibe zu polieren.

Irakli greift nach dem Türgriff und fixiert mit Herzklopfen den Taxifahrer, seine breiten Schultern und seine starken, groben Hände. Als der Mann das Tuch sorgfältig zusammenfaltet und sich zur Seite beugt, um es wieder an seinen Platz zu legen, öffnet Irakli die Tür.

Lela und Irakli rennen los, ohne sich auch nur einmal zum Taxi umzublicken.

Als sie wieder zu Atem kommen, sind sie bereits weit weg, und der Taxifahrer ist nirgends zu sehen. Sie wissen nicht einmal, ob er ihnen nachgelaufen ist.

Am Straßenrand beginnt eine weitere Reihe Kioske. Lela kauft eine Flasche Coca-Cola.

»Wird Zizo mich verhauen?«, fragt Irakli, als sie ihren Weg fortsetzen.

»Versuchen wird sie es. Aber wenn du schön bei mir bleibst, passiert nichts.«

»Und du? Du wirst mich auch nicht verhauen?«

Lela reicht Irakli die Coca-Cola.

»Verdient hättest du es wirklich. Aber was nutzt das? Wirst du etwas daraus lernen, wenn ich dir eins auf die Nase gebe?«

Irakli leert die Flasche und wirft sie dann auf den staubigen Rasen.

An der Kreuzung bleibt Lela stehen.

»Weißt du eigentlich, wo wir sind?«

Irakli zuckt mit den Achseln.

»Da ist der Friedhof.«

»Welcher, der von Sergo?«

»Nein, der von meiner Oma Schuschana! Natürlich

der von Sergo! Komm, gehen wir … Schauen wir nach seinem Grab.« Lela wechselt die Straßenseite und geht die Straße zum Friedhof hinauf.

Ein kurzes Stück weiter kaufen sie bei einer alten Frau für 20 Tetri einen kleinen, schon etwas welken Strauß gelber Wiesenblumen. Die Frau ähnelt ihren Blumen: Sie hat ein sanftes, kleines, mit Falten übersätes Gesicht, und auch ihr Kopftuch ist mit gelben Blumen gemustert. So steht sie unbeholfen mitten auf der Straße und gibt den Passanten die kärgliche Ernte einer herbstlichen Wiese mit.

Lela fragt Passanten und weiß dann ungefähr, wohin sie müssen, doch je mehr sie sich dem Friedhof nähern, desto schwieriger wird es, den richtigen Eingang zu finden. Es stellt sich heraus, dass der Friedhof mehrere Eingänge hat, die Leute schicken Lela und Irakli mal hierhin, mal dorthin. Sie suchen aber einen bestimmten Eingang, den sie bereits kennen, denn ohne diese Orientierung ist es schwierig, wenn nicht unmöglich, den Weg zu Sergo zu finden.

Irakli schleppt sich müde neben Lela her. Der Blumenstrauß bringt seine Handfläche zum Schwitzen. Lela hält einen Passanten an.

»Verzeihung …«

Der Mann hört sie zunächst nicht. Dann, als er merkt, dass er angesprochen wurde, bleibt er stehen, dreht sich um und steuert bereitwillig auf sie zu:

»Hier soll ein Friedhof sein …«, sagt Lela.

»Ein Friedhof? Ja, stimmt …«, erwidert der Mann in

ruhigem, geschäftigen Ton. Man sieht ihm an, dass er ziemlich heruntergekommen ist und keinen Zahn mehr im Mund hat, obwohl ihn diese Umstände nicht im Geringsten daran hindern, irgendwelchen Ortsfremden den richtigen Weg zu erklären. Er scheint zur Gattung jener Trinker zu gehören, die sich oft im Alkohol verlieren, manchmal jedoch auch, so wie jetzt, nüchtern mit schicksalsschweren Gedanken unterwegs sind. »Da hinauf …«, meint er zu Lela, aber sie unterbricht ihn: »Nein, nein, dort waren wir schon und sind wieder umgekehrt … Wir wollen zu einem anderen Eingang, wir waren schon mal da, und jetzt finden wir ihn nicht wieder. Da war ein Wohnblock, zur Hälfte abgebrannt … oder so was Ähnliches … in der anderen Hälfte wohnen Leute, er steht schief, halb in die Erde eingesunken …«

»Ah … die Titanic!« Der Mann freut sich über den nützlichen Hinweis und nickt den Unbekannten wissend zu, als wären sie gerade zu seinen Vertrauten geworden. »Geht da lang, an den zwei Wohnblöcken vorbei, dahinter fängt ein schlechter Weg an, wo oben Taxis stehen, aber bis da müsst ihr nicht, geht gleich den schlechten Weg rauf. Dann kommt ein großes Sumpfgelände, ihr macht einen Bogen, geht rüber in den Vorhof, und schon seid ihr bei der Titanic.«

»Alles klar«, sagt Lela.

»Alles klar«, sagt auch Irakli.

Als sie den Berg hinaufsteigen, lässt Lela den Blick über die Grabsteine schweifen und sagt zu Irakli:

»Sie haben keinen Grabstein gesetzt. Ich erinnere

mich aber, dass neben ihm eine Neli oder Nasi Aiwasowa begraben war. Achte darauf.«

Es dämmert, und die letzten Friedhofsbesucher verlassen das triste weitläufige Gräberfeld. Lela und Irakli irren umher und können weder Sergos noch Neli oder Nasi Aiwasowas Grab finden.

»Da war ein Abbild einer Frau auf einem schwarzen Stein, sie hat gelächelt und sah wie Dali aus. Das hab ich mir gemerkt«, sagt Lela.

Erschöpft setzen sie sich beim Grab des Schota Chatschapuridse nieder. Bei Schota war schon lange niemand mehr zu Besuch, den kniehohen, umgestürzten Zaun frisst der Rost, und auch das Grab ist mit Unkraut überwuchert. Nur der eiserne Tisch und die Bänke stehen fest im Beton verankert.

»Lela ...«, sagt Irakli, »Zizo wollte mich nach Amerika schicken, also hat meine Mutter sicher nicht vor zurückzukommen, oder?«

Lela muss an Iraklis Mutter Inga denken und an die Worte der Griechin: »Inga dasnot lif hir enimor«, und es kommt ihr vor, als wäre das alles sehr lange her.

»Wer weiß, es kann alles Mögliche passieren ...«, antwortet sie und schaut zu dem Wohnblock hinüber, in dessen intakter Hälfte die ersten Lichter angehen.

»Glaubst du das wirklich?«, wundert sich Irakli. Sein Blick bleibt am Grabstein einer gewissen Esma Dschaiani hängen. Das zarte, schmale Gesicht und die großen Augen einer jungen Frau blicken ihn an. Esma hat einen Säugling auf dem Arm.

»Die da ist zusammen mit dem Kind gestorben ...«, bemerkt Irakli.

Lela fällt Esma Dschaiani erst jetzt auf. Sie betrachtet den Grabstein und denkt einen Moment nach.

»Sie hat die Geburt nicht überstanden, heißt das.«

»Ja, sie hat die Geburt nicht überstanden«, bedauert Irakli, und gleichzeitig kommt ihm der erleichternde Gedanke, dass seiner Mutter ein solches Schicksal erspart geblieben ist.

Eine Weile sitzen sie so da, als wären sie nicht die Trauernden von Sergo, sondern von Esma Dschaiani und ihres tot geborenen Kindes.

»Ich werde verschwinden«, sagt Lela plötzlich. »Aber sag es niemandem, ich muss noch etwas erledigen, dann hau ich ab.«

»Du haust ab?« Irakli ist bestürzt. »Wohin denn?«

»Irgendwohin ... Das weiß ich noch nicht.«

Irakli springt auf und schaut Lela an, als wäre er ein zweites Mal verlassen worden.

»Wenn du es niemandem erzählst und mir ein bisschen hilfst, nehm ich dich mit«, sagt Lela ruhig. »Du hast es nicht verdient, aber was soll's ...«

Dann als würde sie sich plötzlich besinnen, schnauzt sie Irakli an:

»Na, mach doch was, Mensch! Geh den Hügel da drüben auf und ab, vielleicht ist die Frau dort begraben ... und daneben Sergo. Suchen wir zuerst sie, dann werden wir auch Sergo finden.«

Irakli sieht die geknickten, welken Blumen in seiner

Hand an, als wäre es ihm peinlich, Sergo ein solches Geschenk mitzubringen.

»Da, da …«, schreit er plötzlich und läuft in das Gräberfeld.

»Nein, nicht dort …«, ruft Lela ihm nach, da sie sieht, dass Irakli bergab läuft, sie Sergos Grab aber weiter oben am Berg in Erinnerung hat.

Beide bleiben bei dem Grabstein einer lächelnden Frau stehen, die Zira Mozonelidse heißt und 1992 mit zwanzig Jahren gestorben ist. Neben ihr ist ein neues Grab zu sehen, das anscheinend erst vor kurzem besucht wurde – auf einem Stein sind noch die Spuren einer angezündeten Kerze zu sehen, die Erde – frisch aufgeschüttet.

Der Verstorbene heißt Michako Mozonelidse, offensichtlich Ziras Vater.

Sie verlaufen sich, ihr einziger Anhaltspunkt in dieser verlassenen Gegend ist das bewohnte Schiff auf der einen Seite des Friedhofs, das mit seinem heilen Heck im Meer versinkt.

»Lela, vielleicht erinnerst du dich falsch, überleg noch mal, vielleicht war es weder Nasi noch Neli Aiwasowa …«, sagt Irakli.

»Was weiß ich … Es war eine Frau, sie hat gelächelt, und der Grabstein war schwarz. Sie sah ein bisschen wie Dali aus.«

Mit gequältem Ausdruck lässt Irakli den Blick über das Friedhofsgelände schweifen, aber nichts und niemand ruft ihn.

»Wie war Sergos Familienname?«

»Wardoschwili, glaub ich.«

»Sergo Wardoschwili«, murmelt Irakli vor sich hin, während er das Grab eines gewissen Otariko betrachtet.

»Mit wie viel Jahren ist der hier gestorben?«, fragt er Lela.

»Achtundsiebzig geboren«, kneift Lela die Augen zusammen. »Das heißt, er ist mit siebzehn gestorben ... Ein Jahr jünger als ich.«

Lela betrachtet den Grabstein, er ist etwas heller, mannshoch, das Bild eines freundlichen jungen Menschen in voller Körpergröße blickt ihnen entgegen. Seine Kleidung ist detailgetreu von einem Foto übertragen worden: Die leicht erkennbaren Jeans, der dicke, in die Hose gesteckte Wollpullover und die Schaffell-Weste darüber. Otariko hält eine Pistole in der Hand und lächelt.

An den eingezäunten Grabstellen läuft mit gesenktem Kopf ein Hund vorbei. Er schaut sie nicht einmal an, tut so, als wären sie nicht da. Der Hund hat weder Angst vor ihnen, noch versucht er, sie zu erschrecken, mit seinem mageren Hinterteil wackelnd schleppt er sich mühsam voran. Lela und Irakli starren den Hund an und blicken ihm schweigend hinterher, als wunderten sie sich, dass auf diesem öden Feld, wo selten ein Lebewesen anzutreffen ist, doch etwas Lebendiges auftaucht und dabei weder Gruß- noch Abschiedsworte fallen.

»Gehen wir«, sagt Lela.

»Wohin?«

»Ins Internat.« Lela dreht sich um und nimmt wieder die Titanic ins Visier, um von diesem Gräberfeld wegzukommen.

Irakli studiert immer noch die Grabsteine. Er will den Säugling wiederfinden und die Blumen bei ihm lassen, aber auch ihn findet er nicht mehr, so dass er beschließt, die Blumen am Grab einer gewissen Isabela Gegetschkori niederzulegen. Auf Isabelas Grab steht kein Grabstein mit ihrer Abbildung, und es sieht auch nicht so aus, als hätte hier jemand in letzter Zeit eine Kerze angezündet oder der Verstorbenen Blumen gebracht und auf sie angestoßen.

»Wir haben Sergo nicht gefunden«, stellt Irakli fest.

»Leider nicht«, sagt Lela.

Als sie sich der Kertsch-Straße nähern, treffen sie gleich neben der Haltestelle am Ende der Straße Waska. Sie sind überrascht, ihn hier zu sehen. Er sitzt auf einem Betonsockel mit Gullideckel und raucht.

»Was machst du denn hier?«, wundert sich Lela.

»Nichts«, sagt Waska.

»Gib mir eine Zigarette.«

Waska zieht eine ganze Schachtel aus der Tasche und hält sie Lela hin.

»Nicht schlecht!« Lela nimmt sich eine.

»Nimm ruhig mehr«, sagt er beiläufig und schaut zu Irakli. »Bist du nicht nach Amerika gegangen?«

»Nein«, sagt Irakli. »Woher weißt du das?«

»Zizo ist gekommen und hat es Dali erzählt. Dali sagt, wenn du kommst, kriegst du was in die Fresse.«

»Dali soll aufpassen, dass sie nicht sonst wohin was kriegt!« Lela zündet sich die Zigarette an und läuft mit Irakli weiter in Richtung Internat.

»Hast du das gesehen?«, fragt Irakli.

»Was?«

»Die Tasche.«

»Welche Tasche?«

»Na, die neben Waska.«

Lela denkt nach und kann sich nicht daran erinnern.

»Ja, und?«

»Ich glaub, er haut ab.«

»Er haut ab? Wohin denn?«

»Keine Ahnung, er geht halt ... Er macht sich aus dem Staub.«

»Naaa ...«

»Was naaa ... Wozu braucht er sonst eine Tasche?«

Lela denkt nach, dann spuckt sie zur Seite:

»Soll er verschwinden, scheiß drauf.«

Eine Weile gehen sie schweigend nebeneinander her.

Der Nachbarblock taucht auf, die Schule auf der anderen Straßenseite, der Kindergarten, das Kaufhaus. All die Schätze der Kertsch-Straße liegen nun wieder vor ihnen. Etwas weiter leuchtet Sairas Kiosk auf und gegenüber, im Schatten der Tannen, sieht man Lelas und Iraklis Zuhause – das Internat.

»Lela, lässt du mich wirklich nicht verhauen?«, fragt Irakli vorsichtig.

»Wenn's ums Verhauen geht, kann das keiner besser als ich. Also sollen sie sich lieber um ihren eigenen Dreck kümmern.«

Irakli zieht an der Zigarette und verspürt einen angenehmen Taumel. Lela stellt sich vor, wie sie und Irakli beim Betreten des Internats von allen, ob Lehrern oder Schülern, umschwirrt werden und ein Tumult losbricht. Auch Irakli nähert sich dem Schultor mit Herzklopfen. Ein ungutes Gefühl schnürt Lela den Hals zu.

»Bleib bei mir, weich nicht von meiner Seite«, bedeutet ihm Lela, als planten sie einen Überfall.

Vom Eingang aus sehen sie Kolja und einige andere Kinder rennen, und sie sehen auch, dass die Kinder ihre Ankunft bemerkt haben, und dennoch rennen sie Hals über Kopf weiter.

Irakli und Lela begreifen nicht, was los ist.

Vom Sportplatz her kommen Pako und Stella angelaufen, Pako schneller, Stella mit den Patschen schlurfend, sie flitzen zum Speisesaal, aus dem Kinder herauslaufen, gefolgt von Dali.

»Wano ist runtergefallen ...«, ruft Pako erregt Lela und Irakli zu. Seine Augen sind weit geöffnet, wie bei der Mickymaus auf seinem T-Shirt, und man sieht, dass ihn diese Nachricht mehr erschüttert als Iraklis geplatzte Amerikareise. Sofort rennt er wieder los und holt Stella ein.

Auch Irakli vergisst Amerika und schließt sich den rennenden Kindern an.

Lela steht eine Weile wie angewurzelt da. Ihre Ohren sind dumpf, sie hört nichts mehr. Es ist, als würde ihr schwindlig, als würde sie das Gleichgewicht verlieren, sie muss sich auf die Bank zwischen den Tannen setzen. Sie lehnt sich an den Baum und schließt die Augen. In der Dunkelheit sieht sie Waskas Gesicht. Er lächelt.